Zu Mr. Spencers ethischen Daten

Malcolm Guthrie

Writat

Diese Ausgabe erschien im Jahr 2023

ISBN: 9789358810332

Herausgegeben von
Writat
E-Mail: info@writat.com

Inhalt

VORWORT.

Dieser Band vervollständigt die kritische Untersuchung von Mr. Spencers System der Philosophie, die bereits in zwei früheren Bänden mit den Titeln „On Mr. Spencer's Formula of Evolution" und „On Mr. Spencer's Unification of Knowledge" verfolgt wurde. Die gesamte Aufgabe wurde von einem Studenten zum Nutzen der Studenten übernommen. Es kann für den allgemeinen Leser nicht von großem Nutzen sein, da es eine sehr intime Kenntnis der Werke von Herrn Spencer voraussetzt und tatsächlich erfordert. Für diejenigen, die nicht auf eine detaillierte Untersuchung eingehen möchten, bietet Kapitel I der „Vereinheitlichung des Wissens" vielleicht einen guten Überblick über die Kritiklinie; und falls gewünscht, kann darauf eine Lektüre der „Formel der Evolution" folgen. Es wird angenommen, dass die schwerwiegendste Kritik an Mr. Spencers System in der Untersuchung seiner rekonstruktiven Biologie in Kapitel V der „Vereinigung" und in der auf Seite beginnenden Untersuchung des Ursprungs organischer Moleküle zu finden ist 30 der „Formel der Evolution". Dieser Übergangspunkt zwischen dem Anorganischen und dem Organischen mit seinen abhängigen Geschichten ist offensichtlich von größter Bedeutung in einem System der Philosophie, das in der Art und Weise konzipiert ist, wie Herr Spencer es darstellt Ob gut oder schlecht behandelt wird, hängt vom praktischen Wert seiner Philosophie in der Anwendung auf menschliche Belange ab.

Unserer Meinung nach bezieht sich der Wert von Mr. Spencers Werken (und davon gibt es sehr viele) auf *a posteriori*- Gründen und nicht darauf, dass sie sich *a priori* auf Grundprinzipien verlassen, noch auf ihrem Platz in einem deduktiven kosmischen System Philosophie. Es war nicht unsere Aufgabe und auch nicht unsere Aufgabe, den gesonderten oder zufälligen Wert der Werke von Herrn Spencer zu beurteilen. Unsere Sichtweise beschränkte sich auf das einzige Ziel, sie in der Art und Weise zu untersuchen, wie er sie darstellt, als ein zusammenhängendes System der Philosophie bildend. Wir haben dies getan, weil er uns seine Werke in diesem Licht darlegt, und wenn sie so angenommen werden könnten, wäre dies offensichtlich ein Geschenk von höchstem Wert an die Menschheit, denn es würde jeder Vergangenheit Kraft verleihen und ihr eine Führung verleihen alle künftigen Zeitalter und bilden den krönenden Abschluss der intellektuellen Errungenschaften der Menschheit.

An diesem Punkt wollen wir unsere Prüfung daher angehen, und zwar in keinem unfreundlichen Sinne; denn das Ziel, das Mr. Spencer im Auge hatte, war eines, das jedes Gefühl und jedes intellektuelle Streben in uns ansprach. Aber wir müssen sagen, wie traurig wir enttäuscht wurden. Wir haben festgestellt, dass das Objekt unserer Bewunderung wie Nebukadnezars Traumgott ist, ein Ding, das scheinbar perfekt und vollständig in seiner Konfiguration ist, aber wie ein Bild aus Eisen, Ton und Edelsteinen, das unter der Belastung anhaltender Kritik unweigerlich in Stücke zerfällt.

Mr. Spencers philosophische Konzeption war in der Tat beeindruckend, und vor seinen großartigen Ausmaßen haben sich viele in aufrichtigem Respekt verneigt. Bei sorgfältiger Prüfung stellte sich jedoch heraus, dass sein kosmisches Schema aus Begriffen aufgebaut war, die keine feste und eindeutige Bedeutung hatten, sondern lediglich Symbole symbolischer Vorstellungen waren, Vorstellungen selbst symbolisch, weil sie nicht verstanden wurden – und zwar in dem Moment, in dem wir begannen, sie zu nutzen Da sie bestimmte Werte hatten, brachten sie uns sofort in alternative Widersprüche! Dann war es notwendig, die kosmische Evolution herbeizuführen, die ein Prozess unmerklicher objektiver Veränderungen ist, aber ein System unmerklicher Wortveränderungen einzuführen, so dass die unmerklichen Wortveränderungen, die mit den unmerklichen objektiven Veränderungen einhergehen, uns am Ende zu den vollendeten Ergebnissen führen sollten , und der Prozess der Evolution soll so nachvollziehbar gemacht werden! Auf diese Weise wurden wir von einem Meister der Sprache geschickt durch die Räume eines riesigen Werkes geführt, bis wir uns in der Vorstellung wiederfanden, die tatsächlichen Prozesse des Universums geistig zu verfolgen. Aber letztendlich war es in unserem eigenen Kopf nur ein Prozess der geschickten Ersetzung von Wörtern!

Um erfolgreich zu sein, müssen Fehler groß und mutig sein. Denkfehler werden in mittlerem Ausmaß aufgedeckt, aber wenn sie „groß geschrieben" werden, ist es schwierig, sie zu entdecken. Syllogismusketten sind manchmal effektiver, weil sie umfangreich sind, als weil sie wahr sind. Mögen sie in ihrer Sprache imposant und in ihren Proportionen großartig sein, wir beugen uns natürlich vor der Macht, selbst wenn es nur die Macht der Größe ist. Wenn wir uns mit Mr. Spencers Überlegungen befassen, verspüren wir eine gewisse Ehrfurcht, als ob wir den Kräften des Universums widersprechen würden – die scheinbar mit ihm verbündet sind. Wir sind uns der Unverschämtheit bei der Behandlung solch großer Angelegenheiten bewusst, die in solch einem gewaltigen Schwung behandelt werden – unter Missachtung von Präzision und Konsequenz. Die Transformationen und Weiterentwicklungen des Denkens in Mr. Spencers Werken sind nicht weniger wunderbar als sein Umgang mit Worten. Der Geist wird von einem unmerklichen, aber mächtigen Strom mitgerissen, und manchmal finden wir uns nach dem mysteriösen Verschwinden der Kontinuität zwischen Bänden oder Kapiteln zufrieden, aber verwirrt an einem Schluss wieder, über den wir uns nur wundern, wie auch immer wir dort angekommen sind.

Durch Begriffe wie Gleichgewicht, einschließlich der Theorie des sich bewegenden Gleichgewichts; durch Begriffe wie Polarität plastisch und zwanghaft; und durch plausible Ähnlichkeiten zwischen Prozessweisen werden wir zu der Annahme verleitet, wir verstehen den konstruktiven Fortschritt der Natur und fühlen uns glücklich und stolz auf unser Wissen. Eine große Selbstzufriedenheit stellt den Schüler dar, der glaubt, das Universum richtig zu verstehen. Wir sind mit unserem Lehrer zufrieden und noch mehr mit uns selbst.

Aber die wirkliche Schwierigkeit zeigt sich, wenn die Notwendigkeit einer Darstellung entsteht. Wenn man es auf sich nimmt zu erklären, wenn man zum Zweck des Lehrens verdichten und verfestigen muss, wenn man andere verständlich machen und das erworbene Wissen teilen möchte, dann beginnen tatsächlich unsere Schwierigkeiten. Was so großartig und verlockend anzusehen schien, wird dem gewöhnlichen Umgang mit wissenschaftlicher Sprache und logischen Aussagen zwischen Mensch und Mensch nicht standhalten. Die Illusion verschwindet, das System ist verschwunden. In diesen Ausführungen sprechen wir nur vom kosmischen System von Herrn Spencer. Über den allgemeinen Wert dieser Arbeit als Philosoph äußern wir keine Meinung. Nach Einschätzung kompetenter Denker ist es sehr groß. Fiske, Youmans, Carveth Read, Ribot, Maudsley, Clifford, Sully, Grant Allen, Gopinay und andere arbeiten alle nach Spencers Linien, aber wir verstehen nicht, dass sie die kosmische Erklärung von Mr. Spencer akzeptieren. Er markiert nicht das Zeitalter der vollständigen Vollendung, sondern das Zeitalter des Übergangs. Er hat die Lösung von Problemen nicht verstanden, aber er hat die Richtung zukünftiger Studien aufgezeigt. Er ist mit seinem großen Unterfangen gescheitert, aber er hat gezeigt, worauf er abzielt, und hat den Weg gewiesen. Viele seiner detaillierten Arbeiten waren gut und effektiv, und deshalb empfindet man gewisse Bedenken, wenn man so ernsthaft über ihn schreibt. Dennoch darf ein Mann von solch einer herausragenden Stellung nicht vor Kritik geächtet werden, sondern im Gegenteil, gerade aufgrund seiner herausragenden Stellung und seines daraus resultierenden Einflusses muss sein Werk sorgfältig geprüft werden, bevor es angenommen und gebilligt wird. Das ist die Aufgabe, die wir uns gestellt haben und die wir nun als abgeschlossen betrachten dürfen. Wir sind ohne Vorurteile an die Studie herangegangen und haben uns bei der Darstellung der Theorien von Herrn Spencer bei aller Strenge darum bemüht, vollkommen fair und ehrlich zu sein. Natürlich war die Arbeit langwierig und mühsam, und wo so viele widersprüchliche und undeutliche Meinungsäußerungen geäußert wurden, musste weitgehend auf Zitate zurückgegriffen werden. Dies geschah sowohl uns selbst als auch unserem Autor gegenüber gerecht. Wenn es uns gelungen ist, die Hauptgedankenlinien für den künftigen Nutzen der Studierenden herauszuarbeiten, haben wir unser Ziel erreicht. Nur durch sehr strenges Denken und Diskutieren kann sich die Wahrheit letztendlich entwickeln.

Es müssen noch einige Worte zu den teleologischen Implikationen hinzugefügt werden, die ein *Westminster*- Rezensent in unseren früheren Werken entdeckt hat und die ihre gesamte Argumentation als ungültig erachtet. Das Thema der Teleologie ist ein sehr interessantes und rätselhaftes Thema und muss vom Naturforscher sorgfältige Aufmerksamkeit erhalten. Es erfordert viel Überlegung darüber, was mit dem Begriff gemeint ist. Neben einer übernatürlichen Teleologie kann es auch eine natürliche Teleologie geben. Wir selbst haben zu diesem Punkt noch keine sehr klare Vorstellung, beschäftigen uns aber derzeit mit der Untersuchung dieser Frage. Absicht und Absicht werden in menschlichen Handlungen veranschaulicht, Mittel zum Zweck werden von vielen Tieren übernommen; Sowohl die „Moving Equilibrium"-Theorie als auch die „Happy Accident"-Theorie scheinen unzureichend zu sein, um den Ursprung der natürlichen Teleologie oder sogar aller Artenvariationen zu erklären; und das Studium biologischer Entwicklungen legt uns das Vorhandensein und die Aktivität eines subjektiven Faktors nahe, der gesetzmäßig mit physikalischen Faktoren zusammenhängt und auf den der Ursprung einiger biologischer Variationen zurückzuführen sein könnte. Mr. Spencers Theorie biologischer Variationen als innere Kräfte, die durch äußere Kräfte erzeugt werden und somit als Gegengewicht zu einer feindlichen Kraft oder im Einklang mit einer günstigen Kraft wirken und den Schutz oder die Erhaltung des Organismus zum Ziel haben, ist eine eine völlig andere Theorie als die agnostische „Happy Accident"-Hypothese der naturalistischen Schule. Dies impliziert den Ursprung biologischer Variationen als Mittel zur Erhaltung des Organismus oder der Art, und wenn sich herausstellt, dass dies auf der Grundlage der Hypothese des physikalischen Gleichgewichts nicht umsetzbar ist, ist eine Erweiterung der Theorie erforderlich, um den Ursprung biologischer Variationen zu erklären Es sind teleologische Implikationen involviert, obwohl diese Theorie wirklich naturalistisch sein mag und in perfekter Harmonie mit einer geordneten Entwicklung in der Art und Weise der Evolution steht. Auch wenn wir keinen anthropomorphen teleologischen Geist am Anfang der Dinge vorhersagen können, scheint eine Teleologie doch in biologische Entwicklungen involviert zu sein und bedarf einer naturalistischen Erklärung.

M. Lionel Dauriac [1] fragt, wie es dazu kommt, dass wir, obwohl wir die Evolutionstheorie akzeptieren, ein Buch von 476 Seiten gegen ihren berühmtesten Vertreter schreiben, und bittet uns, unsere Akzeptanz der Lehre als Ganzes zu erklären. Es ist ganz richtig, wie er sagt, dass wir eine materialistische Erklärung ablehnen, und aus diesem Grund schließen wir uns Mr. Spencer an, insofern als er trotz Mr. Spencers eigener formaler Ablehnung alle Erklärungsformeln, auf denen er basiert, nicht berücksichtigt Versuche der Rekonstruktion des Universums sind materialistisch. Die Faktoren der Chemie und die Gesetze der Physik sowie die Gesetze des Gleichgewichts und der Polarität sind alle rein materialistischer Natur. Mit Hilfe dieser Faktoren und dieser Gesetze allein halten wir es nicht für möglich, die Geschichte der kosmischen Evolution zu verstehen und zu erklären. Akzeptieren wir dann eine spirituelle Entwicklung, der das Materialistische völlig untergeordnet war? Nein. Wir verstehen die Wirkungsweise des Subjektiven nicht unabhängig vom materiellen Organismus. Es scheint uns, dass es materielle Faktoren und Faktoren gibt, die subjektiv sind, und dass es auf das Gesetz ihrer Korrelation ankommt. Wenn wir sagen, dass wir die Evolution akzeptieren, meinen wir damit, dass wir die Theorie eines geordneten Fortschritts von einem Zustand unbestimmter, inkohärenter Einfachheit zu einem Zustand definitiver kohärenter Komplexität akzeptieren. Wir unterscheiden zwei Gruppen oder Arten von Faktoren, den materialistischen und den subjektiven, aber wir sind nicht in der Lage, sie und ihre Korrelationsgesetze ausreichend zu verstehen, um eine Interaktionsformel aufzustellen, die derart ist, dass sie die von uns erkannte geordnete Entwicklung erklärt.

Dies ist eine Schwierigkeit, die Herr Spencer nicht übersehen hat. Er würde ihm auf zwei Arten entkommen. Erstens durch eine Mystik, durch die er alle seine Grundbegriffe in „symbolische Vorstellungen" umwandelt, nachdem sich herausgestellt hat, dass die eindeutige Bedeutung, die er seinen Begriffen gegeben hat, in der tatsächlichen Arbeit versagt . Warum? Weil sie keine Bedeutung haben; und wenn man ihnen eine Bedeutung gibt, führen die daraus gezogenen Schlussfolgerungen den Schüler in unüberbrückbare Widersprüche. Aus dieser Mystik heraus ist kein Fortschritt möglich. Zweitens mittels der „Doppelaspekt"-Theorie. Nach dieser Theorie ist alles sowohl materiell als auch subjektiv, je nachdem, wie man es betrachtet, und kann durch Gesetze der Beziehungen beider Faktorengruppen erklärt und erklärt werden. Es ist wahr, dass Phänomene so beschrieben werden können, aber es ist nicht wahr, dass sie so erklärt werden können. Es besteht zweifellos ein Zusammenhang zwischen der körperlichen Handlung und dem bewussten Gefühl, aber die eigentliche Frage ist diese: Hängt das bewusste Gefühl vollständig von der physischen Abfolge der Ereignisse ab und hat es selbst keine Auswirkungen auf die physische Abfolge? Wird produziert, ohne zu produzieren? Handelt es sich um etwas, das im Zusammenhang mit bestimmten Bewegungen in den Nerven des Organismus geschieht und daher von den physikalischen Faktoren in ihrer Wechselbeziehung abhängt und gemäß den bekannten chemischen und physikalischen Gesetzen der Faktoren vollständig hervorgerufen wird?

Wenn es so bestimmt ist und nicht als Teil einer Kausalkette bestimmt wird, kann man nicht sagen, dass es die materialistische Erklärung stört. Das ist an sich schon vollständig. Bleibt nur noch die Frage: Wie kommt es, dass einige Teile der physikalischen Reihe von Phänomenen diese seltsame Begleiterscheinung des Bewusstseins haben? Eine sehr interessante, aber vergleichsweise unwichtige Frage. Die Theorie, dass Phänomene zwei Seiten haben, ist für das Bemühen um die Aufstellung einer kosmischen Erklärungsformel überhaupt nicht von Nutzen. Das Ergebnis unserer Studien ist, dass sowohl physische als auch subjektive Faktoren produziert und produziert werden. Wir streben nach der Darlegung ihres Korrelationsgesetzes und suchen darin die kosmische Formel. Wir suchen jedoch vergeblich danach und halten es nicht für möglich, es zu erreichen. In der Zwischenzeit betrachten wir die Entwicklung des subjektiven Faktors im Leben und insbesondere im menschlichen Leben als eine Tatsache von größtem Interesse, umso mehr, als wir in dieser Entwicklung einen geordneten Fortschritt in deutlich erkennbarer Weise erkennen können; und es ist unsere Aufgabe, die Gesetze dieser geordneten Entwicklung zu verstehen. Dieses Studium muss zusammen mit dem Studium der materiellen Evolution durchgeführt werden; Und auch wenn wir unser Problem vielleicht nicht vollständig verstehen, gibt es doch vieles, was wir verstehen können, und vieles, das unsere Ansichten umfassend und einfühlsam macht und unseren Geist bei der Bearbeitung der großen Fragen, die vor uns liegen, weitreichend macht.

Das Studium der Ethik aus der Sicht des Evolutionisten nimmt eine völlig andere Phase ein als die alten Untersuchungsmethoden und beruht auf einer völlig anderen Grundlage. Man geht davon aus, dass ihre Autorität in der Natur des Menschen selbst liegt und ihm nicht als aufgezwungenes Gesetz auferlegt wird. Das Vertrauen wird zunächst erschüttert und dann vollständig wiederhergestellt. Unter dem neuen Gesichtspunkt wird der Wert aller vorangegangenen Systeme sichtbar und wie sie alle auf wunderbare Weise im Konsens der gegenseitigen Unterstützung harmonieren und ethische Gesetze durch eine vereinte Autorität durchsetzen.

Das Hauptverdienst von Mr. Spencers „Data of Ethics" besteht darin, dass es die Studie auf eine völlig neue Grundlage stellt, indem es sie auf das Studium der größeren Wissenschaft der Biologie aufpfropft. Bisher war die Studie isoliert und sollte innerhalb ihrer eigenen Grenzen vollständig sein. Von nun an wird kein Professor oder Student als kompetent angesehen, seine Meinung zu äußern, ohne über fundierte Kenntnisse im Studium der biologischen und psychologischen Evolution zu verfügen. Ethik muss zusammen mit Soziologie als Teil der größeren Bewegung studiert werden.

FUSSNOTE:

[1] „Revue Philosophique“, Dezember 1883.

KAPITEL I.
ETHIK UND DIE VEREINHEITLICHUNG DES WISSENS.
DIE PHILOSOPHISCHE SICHT.

Das Studium der Ethik ist in Mr. Spencers Werken immer ein sehr komplexes Problem und wird in mancher Hinsicht noch komplexer, weil er es in irgendeiner Weise mit dem kosmischen Prozess in Verbindung bringen muss. Herr Spencer geht davon aus, dass alles Wissen als ein System der Kausalität vereinheitlicht werden kann, so dass, wenn man die Beziehungen der ursprünglichen Faktoren versteht, alle Geschichten lediglich Folgeprodukte dieser letzten Wahrheiten sind, und fühlt sich in erster Linie dazu verpflichtet, dies zu zeigen Jede einzelne Wissenschaft nimmt im logischen Schema ihren gebührenden Platz ein. Folglich ist eine der Hauptideen, die die „Daten der Ethik" durchdringen, diese Sichtweise der Ethik als nur interpretierbar durch eine angemessene Kenntnis des kosmischen Prozesses, in dem sie eine Rolle spielt.

Tatsächlich wird von Anfang an die These aufgestellt, dass Teile nur dann richtig verstanden werden können, wenn man die Ganzheiten kennt, zu denen sie gehören. [2] Daraufhin argumentiert Herr Spencer, dass, da sich die Ethik mit gezieltem Verhalten befasst, diese Art von Verhalten nur durch eine wissenschaftliche Kenntnis des Verhaltens im Allgemeinen verstanden werden kann, die wiederum Teil der Untersuchung des Handelns im Allgemeinen ist und uns sofort näher bringt zum kosmischen Prozess, von dessen Verständnis daher das Verständnis unseres speziellen Themas abhängt.

Diese philosophische Beziehung der Ethik zum kosmischen Prozess wird im Vorwort als tatsächlich das Hauptziel bezeichnet, das Herr Spencer in seiner ausführlichen Bändereihe im Auge hatte, und wird in Kapitel IV ausführlicher dargelegt. des vorliegenden Werks, in dem Herr Spencer über „The Ways of Judging Conduct" nachdenkt, rechtfertigt den von ihm verfolgten Kurs. Hier wird darauf hingewiesen, dass in den Systemen aller vorangegangenen Autoren die Idee der Kausalität unzureichend anerkannt oder sogar völlig ignoriert wurde – eine Behauptung, die daraufhin durch eine Überprüfung der theologischen, politischen, intuitiven und utilitaristischen Moralschulen gerechtfertigt wird Philosophen. Herr Spencer fährt daraufhin fort (§ 22): „Damit ist die eingangs aufgestellte Behauptung gerechtfertigt, dass alle gegenwärtigen Methoden der Ethik ungeachtet ihrer Besonderheiten und besonderen Tendenzen einen allgemeinen Mangel haben – sie vernachlässigen die ultimative Kausalität." Natürlich meine ich nicht, dass sie die natürlichen Konsequenzen von Handlungen völlig ignorieren; aber ich meine, dass sie sie nur zufällig erkennen. Sie machen die Feststellung notwendiger Beziehungen zwischen Ursachen und Wirkungen und die Ableitung von Regeln dafür nicht zu einer Methode Verhalten aus formulierten Aussagen von ihnen.

„Jede Wissenschaft beginnt mit der Ansammlung von Beobachtungen und verallgemeinert diese nun empirisch; aber erst wenn sie das Stadium erreicht, in dem ihre empirischen Verallgemeinerungen in eine rationale Verallgemeinerung einbezogen werden, wird sie zu einer entwickelten Wissenschaft. Die Astronomie hat bereits ihre aufeinanderfolgenden Stadien durchlaufen; erstens die Sammlungen." von Tatsachen, dann Schlussfolgerungen daraus und schließlich deduktive Interpretationen davon als Folge eines universellen Handlungsprinzips unter Massen im Raum. Berichte über Strukturen und Tabellen von Schichten, gruppiert und verglichen, haben nach und nach zur Zuordnung verschiedener Klassen von Schichten geführt geologische Veränderungen bis hin zu magmatischen und wässrigen Einwirkungen; und es wird jetzt stillschweigend zugegeben, dass die Geologie nur so schnell zu einer eigentlichen Wissenschaft wird, wie solche Veränderungen mit den natürlichen Prozessen erklärt werden, die in der abkühlenden und erstarrenden Erde entstanden sind, die der Hitze der Sonne ausgesetzt ist und die Wirkung des Mondes auf seinen Ozean. Die Wissenschaft des Lebens zeigte und zeigt noch immer eine ähnliche Reihe von Schritten; Die Entwicklung organischer Formen im Allgemeinen hängt von Anfang an mit physischen Aktionen zusammen; und die lebenswichtigen Phänomene, die jeder Organismus aufweist, werden als zusammenhängende Reihen von Veränderungen verstanden, die in Teilen aus Materie bestehen, die von bestimmten Kräften beeinflusst werden und andere Kräfte ausschalten. So ist es auch mit dem Verstand. Frühe Vorstellungen über Denken und Fühlen ignorierten alles wie Ursache, außer dass sie jene Auswirkungen der Gewohnheit erkannten, die der Aufmerksamkeit der Menschen aufgezwungen und in Sprichwörtern ausgedrückt wurden; Aber es gibt zunehmend Interpretationen von Gedanken und Gefühlen als Korrelate der Aktionen und Reaktionen einer Nervenstruktur, die durch äußere Veränderungen beeinflusst werden und im Körper angepasste Veränderungen bewirken, was impliziert, dass die Psychologie ebenso schnell zu einer Wissenschaft wird wie diese Beziehungen von Phänomenen werden als Konsequenzen ultimativer Prinzipien erklärt. Auch die Soziologie, die bis in die jüngste Zeit nur durch vereinzelte Vorstellungen über die soziale Organisation dargestellt wurde, verstreut in den Massen wertlosen Klatsches, die uns von Historikern geliefert wurden, wird von manchen zunehmend auch als Wissenschaft anerkannt; und solche Andeutungen davon, die von Zeit zu Zeit in Form empirischer Verallgemeinerungen auftauchten, beginnen jetzt den Charakter von Verallgemeinerungen anzunehmen, die durch die Ableitung von Ursachen in der menschlichen Natur unter gegebenen Bedingungen kohärent gemacht wurden. Es ist also klar, dass *die Ethik, die eine Wissenschaft ist, die sich mit dem Verhalten verbundener menschlicher*

Wesen befasst , unter einem ihrer Aspekte betrachtet, eine ähnliche Transformation durchmachen muss und, da sie derzeit noch unentwickelt ist, nur dann als entwickelte Wissenschaft betrachtet werden kann, wenn sie diese durchlaufen hat Transformation.

„Eine Vorbereitung in den einfacheren Wissenschaften wird vorausgesetzt. Die Ethik hat einen physikalischen Aspekt, da sie sich mit menschlichen Aktivitäten befasst, die wie alle Energieaufwendungen dem Gesetz der Beharrlichkeit der Energie entsprechen; moralische Prinzipien müssen eingehalten werden physische Notwendigkeiten. Es hat einen biologischen Aspekt, da es sich um bestimmte innere und äußere, individuelle und soziale Auswirkungen der lebenswichtigen Veränderungen handelt, die in der höchsten Tierart ablaufen. Es hat einen psychologischen Aspekt, denn sein Thema ist eine Ansammlung von Handlungen, die von Gefühlen ausgelöst und von Intelligenz geleitet werden. Und es hat einen soziologischen Aspekt, denn diese Handlungen wirken sich teilweise direkt und alle indirekt auf assoziierte Wesen aus.

„Was ist die Implikation? Da sie unter einem Aspekt zu jeder dieser Wissenschaften gehört – der physikalischen, biologischen, psychologischen, soziologischen –, kann sie ihre endgültigen Interpretationen nur in den grundlegenden Wahrheiten finden, die ihnen allen gemeinsam sind. Wir haben bereits eine allgemeine Schlussfolgerung gezogen Die Art und Weise, wie das Verhalten im Allgemeinen, einschließlich des Verhaltens, mit dem sich die Ethik befasst, vollständig nur als ein Aspekt des sich entwickelnden Lebens verstanden werden kann; und nun werden wir auf eine speziellere Art und Weise zu dieser Schlussfolgerung geführt.

„Hier müssen wir also mit der Betrachtung moralischer Phänomene als Phänomene der Evolution beginnen; wir werden dazu gezwungen, indem wir feststellen, dass sie einen Teil der Gesamtheit der Phänomene bilden, die die Evolution hervorgebracht hat. Wenn das gesamte sichtbare Universum dies getan hat." entwickelt hat – wenn das Sonnensystem als Ganzes, die Erde als Teil davon, das Leben im Allgemeinen, das die Erde in sich trägt, sowie das jedes einzelnen Organismus – wenn die geistigen Phänomene, die von allen Geschöpfen bis hin zu den Höchsten gezeigt werden, in Gemeinsam mit den Phänomenen, die von Aggregaten dieser höchsten Geschöpfe präsentiert werden – wenn alles und jedes den Gesetzen der Evolution entspricht; dann ist die notwendige Implikation, dass jene Verhaltensphänomene in diesen höchsten Geschöpfen, mit denen sich die Moral befasst, auch konform sind." [3]

In dieser Passage stellt Herr Spencer Moral oder Ethik als eine Angelegenheit dar, die wissenschaftlich untersucht werden muss und nur dann als Teil des allgemeinen Verhaltens verstanden oder erklärt werden kann, wenn eine deduktive Erklärung aus vorangegangenen Ursachen möglich ist. Die erkannte Unterscheidung zwischen Verhalten, das als moralisch bezeichnet wird, und Verhalten, das als unmoralisch angesehen wird, ist nur dann zu verstehen, wenn wir nach einem historischen Überblick über menschliches Handeln und das Handeln von Organismen im Allgemeinen nicht nur die unmittelbar vorangehenden Ursachen erkennen, sondern, wenn wir dahinter blicken, Erkennen Sie die ultimative Notwendigkeit ihres Auftretens in der Natur des Universums. Dies offenbart die besonderen Merkmale der Methode von Herrn Spencer bei der Behandlung seines Themas im Unterschied zu der von Herrn Leslie Stephen in seiner „Wissenschaft der Ethik" verfolgten Methode, eine Unterscheidung, die wir bequem markieren können, indem wir sie jeweils als philosophisch und wissenschaftlich bezeichnen Methoden. Den ersteren Begriff verwenden wir in der Bedeutung, die ihm in der Definition gegeben wird, die Herr Spencer in „Erste Prinzipien" gegeben hat. [4]

Eine Philosophie ist vollständig, wenn der Geist in der Lage war, sich selbst eine solche Einschätzung der Beziehungen und Bedingungen von Faktoren zu einem Zeitpunkt zu bilden, der weit genug zurückliegt, um ein größeres Ausmaß an Komplexität vorauszudatieren, das es uns ermöglicht, deduktiv eine Geschichte von Entwicklungen zu formulieren, die kann mit der tatsächlichen Geschichte der Sequenzen im konkreten Universum übereinstimmen. Wenn diese Beurteilung eines entfernten Kosmos, der durch vergleichsweise Einfachheit gekennzeichnet ist, dennoch die Existenz vieler Faktoren zulässt, deren Unterschiede nicht erklärt werden, ist die Philosophie bislang formal unvollständig; aber da die Bestimmung dieser Punkte außerhalb der Fähigkeiten der menschlichen Vernunft liegt, kann die Philosophie dies zu Recht tun als praktisch vollständig angesehen werden, wenn es unter diesem Gesichtspunkt das gesamte Wissen vereint, mit dem der menschliche Geist vertraut ist. Wenn es uns gelingt, alle Wissenschaften in einem kohärenten Ganzen zusammenzufassen, kann von der Philosophie nichts mehr erwartet werden – darüber hinaus liegt das Reich der Spekulation und des Unerkennbaren.

Der Umfang der Wissenschaften ist nicht so ehrgeizig. Ihr Ziel ist auf einen viel engeren Bereich beschränkt. Sie versuchen lediglich, die Gesetze zu ermitteln, die bestimmte Klassen von Phänomenen umfassen. Sie erkennen Kausalitäten an und ihre Schlussfolgerungen gelten im Umfang der in einem bestimmten Gesetz zum Ausdruck gebrachten Tatsachenklassen. Aber jede Wissenschaft oder Klasse von Tatsachen wird einzeln und getrennt bearbeitet, auch wenn der Fortschritt des Studiums immer wieder die gegenseitige Abhängigkeit der verschiedenen Wissenschaften offenbart.

Es ist sehr offensichtlich, dass unser Wissenssystem große Unvollkommenheiten aufweisen muss, solange zwischen den

Wissenschaften große Lücken bestehen bleiben. Aber das ist eine natürliche Bedingung für den Fortschritt des Denkens. Andererseits würde ein vollständiges philosophisches System wie das oben erwähnte, auf das Herr Spencer abzielt, eine Flut von Licht auf jede einzelne Abteilung werfen, wenn die gegenseitige Beziehung aller Probleme aus festgestellten Beziehungen der ursprünglichen Faktoren abgeleitet werden könnte . Aber es ist auch klar, dass, wenn wir glauben, eine solche Philosophie formuliert zu haben, ohne dass es uns wirklich gelungen ist, oder zumindest ohne es geschafft zu haben, andere dazu zu bringen, sie verständlich zu machen oder sie zu akzeptieren, dann die vermeintliche Philosophie zu einem verwirrenden Element in der Darstellung wird ein wissenschaftliches Problem. In dem vorliegenden Werk ist der philosophische Versuch sehr bedauerlich, denn er verdirbt die Darlegung einer wissenschaftlichen Abhandlung, die alle früheren Darlegungen übertrifft, da er die Klarheit des Arguments trübt und die Kraft seiner praktischen Anwendung beeinträchtigt.

Das ist unser Urteil über Mr. Spencers „Data of Ethics". Es enthält gleichzeitig eine ausgezeichnete wissenschaftliche Behandlung des Themas und einen schwachen Versuch, es einer wirkungslosen Philosophie zuzuordnen. Auf den philosophischen oder kosmischen Aspekt des Werkes werden wir uns in diesem Kapitel beschränken, so dass wir im Folgenden die Freiheit haben, unsere Aufmerksamkeit der fundierteren wissenschaftlichen Behandlung der darin aufgeworfenen Fragen zu widmen.

Die Studenten der früheren Bände von Herrn Spencer werden bemerkt haben, dass er, obwohl er das Problem der Evolution als deduktives Problem angibt, die Evolution bei der Lösung jedes spezifischen Problems dennoch unter einem anderen Aspekt betrachtet hat. Daher ist es sehr bemerkenswert, dass Herr Spencer in allen biologischen, psychologischen und soziologischen Darstellungen die Feststellung der Tatsache der Evolution durch die Anhäufung unmerklicher Veränderungen als gleichbedeutend mit einer tatsächlichen Zugehörigkeit der Wissenschaften zur Evolutionstheorie angesehen hat ungeachtet seiner eigenen strengen Forderung, dass diese Veränderungen durch die allgemeinen Schlussfolgerungen der kosmischen Evolution erklärt und erklärt werden sollten. Die Geschichte von Organismen beispielsweise weist eine allmähliche Entwicklung auf und soll daher mit der Definition der Evolution im Allgemeinen übereinstimmen. Aber wenn diese Veränderungen nicht intellektuell als Ergebnis vorhergehender Bedingungen erkannt und auf die Beziehungen der letzten, von der Philosophie anerkannten Faktoren zurückgeführt werden, dann wird die Zugehörigkeit der Wissenschaft zur Evolution im Allgemeinen nicht bestätigt. Während die Form und die äußere Erscheinung vorhanden sind, wird der organische Zusammenhang nicht zur Schau gestellt. Aber es ist ein Charakteristikum der Darstellungsweise von Herrn Spencer, dass, wenn

Letzteres versagt, Ersteres an seine Stelle tritt. Daher ist die allmähliche Entwicklung des Verhaltens eine Evolution des Verhaltens, aber es ist eine Evolution, für die wir eine Erklärung benötigen. Wir suchen es in der Biologie, stellen aber fest, dass die Biologie auch eine allmähliche Zunahme unmerklicher Veränderungen ist, für die wir wiederum vergeblich nach einer Erklärung suchen.

Die Wirkung dieser Art der Darstellung der Evolution oder der Vereinheitlichung von Wissen wird durch die scheinbar systematische Art ihrer Darstellung verstärkt. Es zeigt sich, dass die Entwicklung allgemein durch den Fortschritt in drei Formen gekennzeichnet ist – nämlich von einem einfachen, unbestimmten, inkohärenten Zustand zu einem komplexen, bestimmten und kohärenten Zustand; und durch den wunderbaren Spielraum, den das Universum sowohl in der Zeit als auch im Raum für die Geschichte bietet Das Aufzeigen dieser Merkmale überwältigt den Geist mit einem Gefühl für die Universalität der Evolution, trotz der Tatsache, dass der eigentliche Kern der Frage mangels jeglicher Erklärung ständig verfehlt wird. Wir erkennen die allmähliche Entwicklung, aber wo ist der deduktive Zusammenhang? Wo ist das versprochene System von Folgerungen aus ursprünglichen Faktoren, die die historische Entwicklung erklären sollen?

Wenn wir also in den „Daten der Ethik" einen Verweis auf die Biologie, die Psychologie und die Soziologie als Teile eines etablierten philosophischen Systems finden, neigen wir dazu anzunehmen, dass die Ansichten über die Ethik, die Herr Spencer zum Ausdruck bringt, ihre Autorität ableiten aus einer vorausgehenden Auffassung des kosmischen Prozesses; in der Erwägung, dass dies nicht wirklich der Fall ist: und obwohl es für das Studium von wesentlicher Bedeutung ist, dass die Ethik als von den genannten Wissenschaften abhängig angesehen werden sollte, wird eine solche Verbindung nicht als eine logische Ordnung dargestellt; Uns wird nur gesagt, dass die Ethik in ihrer Entwicklungsreihenfolge ähnliche Merkmale aufweist.

Aber zusätzlich zu dieser Aufdrängung der Philosophie durch die Wissenschaften mittels allgemeiner Ähnlichkeiten der Geschichte wird der Student feststellen, dass, welche innere deduktive Begründung auch immer dargelegt wird, bei der Beurteilung der ursprünglichen Faktoren – Begriffe der Materie, der Bewegung und der Kraft – schlecht durchdacht ist denen keine eindeutigen Vorstellungen zugeordnet werden können. Und sollte jemand so voreilig sein, ihnen so eindeutige Bedeutungen beizumessen, die ihren logischen Gebrauch ermöglichen würden, dann würde ihn der deduktive Prozess, der unternommen werden müsste, um sie in Folgerungen entsprechend konkreter Geschichten umzuwandeln, sehr bald in Verwirrung bringen. Sollte er sich wiederum auf die eindeutigen chemischen Faktoren beschränken, die in den Urnebeln existieren, dann würde ihn sein deduktiver Versuch in die unüberwindbare Kluft am Beginn des Lebens führen. Und sollte er darüber hinaus den Faktor der Empfindungsfähigkeit in einige einfache chemische Aggregate importieren und sollte er in der Lage sein, eine allmähliche Entwicklung des Geistes im Zusammenhang mit allmählichen Veränderungen des physischen Organismus darzulegen, dann wiederum in Ermangelung jeglicher Kenntnis darüber Wenn er die Beziehungen der beiden betrachtet, wäre er nicht in der Lage, den deduktiven Prozess zu bewältigen, und scheiterte an dem System *apriorischer* Erklärungen, das die Philosophie erfordert. Denn die Philosophie erfordert laut Spencer einen deduktiven Prozess, der mit der Erfassung der Beziehungen beginnt, die zwischen den Faktoren des Universums in einem bestimmten Stadium bestehen, wobei dieser deduktive Prozess ein Gegenstück zu den tatsächlichen Geschichten des Universums sein soll.

Solche deduktiven Erklärungen versucht Mr. Spencer – hauptsächlich in der Biologie –, was die Ergebnisse angeht und das am schlechtesten begründete aller seiner Werke ist. Dies wird zunächst auf sehr konkrete Weise versucht, indem die Eigenschaften der chemischen Substanzen, die die Grundlagen der Organismen bilden, und die Eigenschaften der sie umgebenden Kräfte – Licht, Wärme, Luft, Wasser usw. – berücksichtigt werden. Im Verhältnis dazu werden die Gesetze der Mechanik angewendet, wie etwa die Bewegung in Richtung des geringsten Widerstands usw., und durch ihre Instrumentalität sollen sich schließlich Organismen entwickeln, die irgendwie eine Begleiterscheinung des Bewusstseins haben, die jedoch kein Faktor ist in jeder Aktion eines Organismus. In einer solchen Geschichte wird es jedoch als notwendig erachtet, Genese, Reproduktion und Vererbung zuzulassen, und diese werden, da sie nicht erklärt werden können, ohne Erklärung akzeptiert.

Es ist wahr, dass die Polarität zur Unterstützung des Unterfangens herangezogen wird, aber es ist eine Polarität, die der gehorsame Diener des Autors ist und tut, was ihr geboten wird, erstens dadurch, dass sie veränderten Bedingungen so zugänglich ist, dass sie sich ihnen entsprechend verändert, und zweitens wiederum darin, dass es in seiner erworbenen Form so starr ist, dass es Moleküle zu einer bestimmten Konstruktion zwingt. Es ist abwechselnd so biegsam und so fest, dass es dem Autor Hand in Hand ermöglicht, die höchsten Gipfel der Biologie zu erklimmen. Es ist auch wahr, dass Gleichgewicht aufgerufen wird: aber dann erweist sich jede Veränderung in der organischen und der anorganischen Welt als ein Gleichgewicht, so dass das Wort bedeutungslos wird.

Eine speziellere Untersuchung muss Herrn Spencers Theorie des sich bewegenden Gleichgewichts gewidmet werden, mit der er die Existenz eines Organismus identifiziert und mit deren Hilfe er die Kluft zwischen ihm und dem Anorganischen überbrücken soll. Die Idee ergibt sich aus einer Betrachtung des Kreisels, des Sonnensystems und der Dampfmaschine, insbesondere wenn letztere sich selbst ernährt! Dabei handelt es sich um bewegliche Gleichgewichte, und wenn ihre Bewegungen durch ein äußeres Objekt gestört werden, erzeugen sie Kräfte, die der Umgebung entgegenwirken. Diese rein mechanische Vorstellung wird dann durch die Ersetzung der Idee verwandter *Kräfte* , die ein sich bewegendes Gleichgewicht darstellen , in eine abstrakte Form gebracht und passt zur abstrakten Vorstellung eines Organismus, so dass das Sonnensystem und der Organismus beides sein können als bewegliche Gleichgewichte identifiziert. Indem Herr Spencer das Verhalten des Sonnensystems in seiner Beziehung zu seiner realen oder hypothetischen Umgebung grob als aus Veränderungen aufgrund der Gesetze eines sich bewegenden Gleichgewichts bestehend charakterisiert, versucht er zu zeigen, dass die Anpassungen eines Organismus als Reaktion auf Auch veränderte äußere Bedingungen beruhen auf denselben Gesetzen, so dass Organismen und ihre Geschichte sowohl in ihrer Entstehung als auch in ihrer Entwicklung auf die gleiche Weise erklärbar oder erklärbar sein sollen wie die sich bewegenden Gleichgewichte der physischen Welt. Daraufhin sollen wir sowohl verstehen, warum Organismen Kräfte erzeugen, um feindlichen äußeren Kräften entgegenzuwirken, als auch warum sie Kräfte (Anpassungen) erzeugen, um Kräfte der Umwelt (Nahrung) zu sichern und zu absorbieren, die für ihr Fortbestehen günstig sind. Es ist nur das, was alle sich bewegenden Gleichgewichte bewirken. Diese biologische Theorie haben wir an anderer Stelle ausführlich diskutiert [5] und kamen dann zu dem Schluss, dass es sich nur um eine Verhöhnung einer rationalen Erklärung handelte. Wir fanden auch heraus, dass die Tatsachen der Genesis und des Vererbungsgesetzes durch ein Studium der Physik oder durch ein Studium der Natur und Gesetze des sich bewegenden Gleichgewichts völlig unerklärlich waren. Insgesamt fanden wir also, dass die Hauptanforderungen einer philosophischen Erklärung biologischer Tatsachen bei weitem nicht erfüllt sind.

Als Teil des deduktiven Systems, das unsere Philosophie erfordert, müssen wir nun den Ursprung und die Entwicklung gezielter Handlungen betrachten – den Gegenstand unserer vorliegenden Studie, die uns zum endgültigen Studium der eigentlichen Ethik führen soll.

Wenn wir die Betrachtung des Problems an dem Punkt fortsetzen, an dem wir in unserem Verweis auf die Erklärungen der Biologie aufgehört haben, müssen wir zunächst die Argumente überprüfen, die den Ursprung gezielter Handlungen in der Natur und den Gesetzen des sich bewegenden Gleichgewichts erklären würden. Denn wenn die Handlungen von Organismen auf diese Weise erklärbar sind, müssen es auch die gezielten Handlungen oder das gezielte Verhalten von Organismen sein, und Mr.

Spencer selbst schließt sie ausdrücklich in die biologische Definition ein. Und in der Tat ist es zweifelhaft, ob „Zweck" nicht verdeckt in die Definition des Lebens als „die kontinuierliche Anpassung innerer Beziehungen an äußere Beziehungen" eingeführt wird.

Die Frage ist sehr schön und führt uns sofort zu den dunklen Grenzen der organischen und der anorganischen Welt. Wie sind zum Beispiel aus den Gesetzen des bewegten Gleichgewichts, wie sie aus der Untersuchung des Sonnensystems abgeleitet wurden, die Bewegungen eines Infusoriums zu betrachten? „Ein Infusorium schwimmt willkürlich umher und wird in seinem Kurs nicht durch ein wahrgenommenes Objekt bestimmt, das verfolgt oder dem man entkommen will, sondern offenbar durch wechselnde Reize in seinem Medium; und seine Handlungen, die in keiner nennenswerten Weise auf Ziele ausgerichtet sind, führen es nun in Kontakt mit eine nährende Substanz, die es aufnimmt, und nun in die Nähe eines Lebewesens gelangt, von dem es verschluckt und verdaut wird ... Das Verhalten besteht aus Handlungen, die so wenig an Ziele angepasst sind, dass das Leben nur so lange andauert wie die Zufälle der Umwelt sind günstig." [6]

Dies ist eine von Mr. Spencers Übergangspassagen. Das Infusorium ist ein bewegliches Gleichgewicht. Folglich ordnet es seine Kräfte zur Selbsterhaltung im Gegensatz zu den feindlichen Kräften der Umwelt und im Einklang mit den begünstigenden Kräften der Umwelt neu. Die spezielle Einstellung, die angezeigt wird, ist Bewegung. Dabei handelt es sich jedoch nicht um eine kommunizierte Bewegung mechanischer Art, wie etwa den Tritt eines Fußballs. Offenbar dürfen wir seine Bewegungen auch nicht als Folge einer Reihe mechanischer Bewegungen der Moleküle der Umgebung betrachten. Die Wirkung der Umwelt wird als Reiz ausgedrückt. Bedeutet das eine chemische Wirkung? Oder bezieht es sich auf die Wirkung von Wärme und Licht? Wenn das so ist, bedeutet das, dass die Anziehung und Abstoßung von Atomen und die Bewegungen von Äther und Molekülen für die Bewegungen des Infusoriums verantwortlich sind. Es gibt sicherlich keinen „Zweck" in einer solchen Theorie. Aber dann stellt sich die Frage: Wie wenden wir die Theorie des sich bewegenden Gleichgewichts auf eine solche Ansammmlung von Atomen an, auf die auf diese Weise eingewirkt wird, um die Tatsache zu erklären, dass die Ansammlung von Atomen versucht, ihre Existenz durch Abwehr und Absorption oder nur durch Absorption zu verlängern? Wenn man sagt, dass es dies nicht tut und dass seine Bewegungen keinen Nahrungszweck haben, sondern einfach die Wirkung chemischer und mechanischer Einwirkung sind, dann ist es kein Tier, das Leben zeigt, insofern es die Mittel nicht an einen Zweck anpasst –Anträge zum Ende des Unterhalts. Wenn man es in diesem Sinne als ein sich bewegendes Gleichgewicht betrachtet, ist es von der gleichen Art wie das

Sonnensystem und nicht von der Art, die wir Tiere nennen. Dennoch betrachtet Mr. Spencer es als eine Darstellung von Leben, das jedoch sehr wenig an die Ziele angepasst ist; aber auch hier betrachtet er seine Handlungen als durch äußere Reize bestimmt, ohne jedoch seine Bedeutung zu erklären.

Wenn wir die Bewegungen des Infusoriums als Ausdruck von Leben betrachten wollen, müssen wir sie als Anpassungen innerer Beziehungen an äußere Beziehungen betrachten – wobei die äußeren Beziehungen Nahrung sind; aber wenn seine Handlungen lediglich chemisch und mechanisch bestimmt sind, dann ist sein Verhalten nicht an die Wirkung irgendwelcher äußerer Beziehungen angepasst oder gegen diese abgewogen, sondern ist deren unterwürfige Folge. Aber wenn sein Verhalten vollständig von äußeren Beziehungen bestimmt wird, scheinen wir uns in einem Paradoxon zu befinden. Der einzige Ausweg besteht in der offensichtlichen Schlussfolgerung, dass die von Mr. Spencer vertretene Definition des Lebens immer eine Anpassung, Anpassung oder Handlung mit dem eindeutigen zweifachen Ziel im Hinblick auf den Lebensunterhalt und den Selbstschutz impliziert, die gegen die feindlichen Kräfte der Umwelt eingesetzt *werden* . Lebensanpassungen dienen immer der Erreichung des Ziels der Selbsterhaltung, entweder durch die Beschaffung von Nahrung oder durch die Verteidigung gegen Feinde – in erster Linie der Selbsterhaltung und danach der Fortführung der Rasse. Wenn wir daher die Bewegungen der Infusorien als Teil der Definition des Lebens betrachten, müssen wir davon ausgehen, dass sie auf den Unterhalt der Lebewesen abzielen . Es sind zielgerichtete Handlungen. Sind sie dann als gezielte Handlungen anzusehen? Lebensanpassungen scheinen sich von den Veränderungen, die durch äußere Kräfte auf ein physikalisches Bewegungsgleichgewicht ausgeübt werden, dadurch zu unterscheiden, dass sie auf ein bestimmtes Ziel hin wirken und daher in die Klasse der gezielten Handlungen fallen. Wir können nicht mehr tun, als auf die Schwierigkeit hinzuweisen. Wenn wir sagen, dass diese Handlungen nicht zielgerichtet sind, lassen wir zu, dass es durch Chemie und Mechanik zu einer gezielten Anpassung der Mittel an den Zweck kommen kann. Wenn wir sagen, dass Chemie und Mechanik dies bewirken, dann müssen wir unsere Bedeutung von Chemie und Mechanik revidieren, und zwar auf eine viel gründlichere Art und Weise, als es Mr. Spencer in seiner Behandlung des bewegten Gleichgewichts getan hat.

Dass es biologische Anpassungen gibt, die keinen Zweck manifestieren, erleben wir jeden Tag in der Verdickung der Haut und den Veränderungen, die durch das Klima oder die tägliche Freizeitbeschäftigung hervorgerufen werden, obwohl es wahr ist, dass diese Anpassungen eine wissenschaftliche Erklärung erhalten können, unabhängig davon, ob es sich dabei um Anpassungen von Mitteln an Zwecke handelt . Wir stellen auch fest, dass es

Reflexaktionen von Organismen gibt, die als Reaktion auf äußere Reize ohne bewussten Zweck stattfinden, wie z. B. Atmen, Verdauung usw. Wir sind auch mit der Tatsache vertraut, dass gezielte Handlungen durch lange Gewohnheit automatisch werden. Tatsächlich haben wir mehr Erfahrung damit, dass gezielte Handlungen automatisch werden, als dass automatische oder reflexartige Handlungen zweckgebunden werden.

Kann es dann einen Zweck ohne Bewusstsein geben? Sowohl in der Pflanzenwelt als auch in der Tierwelt gibt es Anpassungen, von denen wir keine bewusste Gestaltung voraussetzen. Auch können wir aufgrund der Theorie des Lebens als Anpassung eines sich bewegenden Gleichgewichts an seine Umgebung nicht zugeben, dass diese Veränderungen auf bloße glückliche Zufälle der Entstehung und des Überlebens zurückzuführen sind, denn wir müssen sie als notwendige Ergebnisse ihrer Existenz erklären sich bewegende Gleichgewichte. Wenn dem so ist, sind die Anpassungen jedoch so komplex, so wunderbar in ihren Beziehungen zur Insektenwelt und zur Tierwelt im Allgemeinen im Hinblick auf ihre Erhaltung und die Fortpflanzung ihrer Arten, dass der Zweck oder die an die Zwecke angepassten Mittel das offensichtliche Merkmal sind. Zweckangepasste Mittel werden in der „Happy Accident"-Theorie geleugnet und durch die „Moving Equilibrium"-Theorie erklärt. Wenn wir jedoch die abstrakte Vorstellung eines sich bewegenden Gleichgewichts betrachten, die aus unserem Sonnensystem stammt, können wir kein Bestreben nach Selbsterhaltung und Selbstverteidigung erkennen. Es werden keine Anpassungen vorgenommen, um eines dieser Objekte zu sichern. Es ist kein Zweck erkennbar und es werden keine Anpassungen im Hinblick auf die zu sichernden Ziele vorgenommen. Andererseits gibt es in der Tier- und Pflanzenwelt viele Anpassungen, die nicht bewusst vorgenommen werden. Da es sich bei uns jedoch um eine kritische Aufgabe und nicht um eine rekonstruktive Arbeit handelt, brauchen wir lediglich darauf hinzuweisen, dass gezielte Handlungen im Besonderen und biologische Anpassungen als Ganzes nicht dadurch erklärt werden können, dass Organismen als Aggregate der chemischen Elemente betrachtet werden, auf die sie einwirken physikalische Kräfte und stellen lediglich physikalische, sich bewegende Gleichgewichte dar, deren Gesetze denjenigen ähneln, die sich aus der Betrachtung von sich bewegenden Gleichgewichten wie dem Sonnensystem ableiten. Eine solche Theorie lässt kein gezieltes Handeln zu.

Abstrakt ausgedrückt besteht das Problem darin, wie sich der Ursprung des Zwecks in einem sich bewegenden Gleichgewicht erklären lässt – angefangen beim Sonnensystem über einen sich selbst ernährenden Motor bis hin zur Fortsetzung unserer Untersuchung bis zum abstrakten, sich bewegenden Kräftegleichgewicht, in dem externe Feinde oder günstige Kräfte vorhanden sind Kräfte erzeugen innere Kräfte als Gegengewicht, entweder der

Opposition oder der Harmonie der Anpassung. So ausgedrückt ist das Problem rein dynamischer Natur und würde ein Verständnis des Zwecks als einer dynamischen Beziehung von Kräfteaggregaten ermöglichen. Dies ist die wahre Sichtweise Spencers auf das Problem und seine Art seiner Lösung, aber es ist eine, auf die Herr Spencer sich nicht selbst einlässt. In Ermangelung einer solchen Studie verlässt Herr Spencer die wahre Erklärungslinie, die seine Philosophie erfordert.

Aber wir glauben, wenn wir tiefer in diese Studie vordringen, werden wir einen Zweck finden, der mit dem Bewusstsein verbunden ist. Es stellt sich die Frage: Muss jeder Zweck ein bewusster Zweck sein? Zweck impliziert die Richtung der Handlung, er impliziert einen Zeitraum, er impliziert die Erreichung eines Ergebnisses. In dieser Hinsicht unterscheidet es sich von der chemischen und mechanischen Wirkung. Wir müssen uns fragen, welchen Platz das Bewusstsein in der Konstitution und Wirkung eines sich bewegenden Gleichgewichts einnimmt. Offensichtlich hat es im Sonnensystem keinen Platz, denn Physiker können ihre Berechnungen durchführen, ohne es als Faktor zu berücksichtigen. Doch das ideale oder abstrakte Bewegungsgleichgewicht, mit dessen Hilfe wir versuchen, die Handlungen von Organismen zu verstehen, leitet sich aus der Betrachtung des Sonnensystems als eines Bewegungsgleichgewichts ab. Aber wenn wir das Problem von der abstrakten auf die konkrete Untersuchung eines Organismus reduzieren, müssen wir uns fragen, welchen Platz das Bewusstsein in einem sich bewegenden Gleichgewicht von Sauerstoff, Stickstoff, Kohlenstoff, Wasserstoff usw. in Bezug auf eine Umgebung aus Wärme, Licht usw. einnimmt . Wir stellen fest, dass es im Wesentlichen ein Faktor in all jenen Klassen von Handlungen ist, die wir als zielgerichtet bezeichnen – insofern die Handlungen vom Chemischen und Mechanischen abweichen, insofern als Aggregate die Merkmale des Lebens manifestieren – nämlich die Anpassung der inneren Beziehungen an äußere Beziehungen – je näher sie der vollständigsten Anpassung der Mittel an die Ziele eines vollständigen Lebens kommen, und desto mehr manifestieren sie bewusste Absichten.

Es wurde die Theorie aufgestellt, dass Bewusstsein das Ergebnis der Komplexität in der Kombination der chemischen Elemente ist, eine Komplexität, die auf rein physikalischen Gründen erklärt werden kann. Die Biologie von Herrn Spencer dient teilweise dazu, diese Theorie zu beweisen. Aber es ist offensichtlich, dass aus einer deduktiven Theorie nicht mehr herausgeholt werden kann, als in den ursprünglichen Faktoren enthalten ist. Es ist sinnlos zu sagen, dass wir nicht alle Eigenschaften der ursprünglichen Faktoren ausreichend kennen, denn das bedeutet, diese spezielle Theorie aufzugeben und ihre Unzulänglichkeit anzuerkennen. Das Eingeständnis erfordert den Versuch, die ursprünglichen Kräfte der Faktoren wiederherzustellen . Wenn dies möglich ist, kommt es der Aufstellung einer neuen Theorie gleich, die wiederum anhand ihrer deduktiven Wirksamkeit beurteilt werden muss.

Die Theorie, dass die Komplexität der Nervenstruktur – eine durch chemische und mechanische Kombination erzeugte Struktur – ausreicht, um Gedächtnis, Reflexion, Urteilsvermögen, Wahl und Zweck zu erklären, wurde von Dr. Bain und Professor Clifford ausführlich behandelt und kritisiert unsere früheren Arbeiten im Detail. [7]

Die Theorie, dass Organismen das Ergebnis chemischer und mechanischer Kombinationen sind und dass das Bewusstsein eine Begleiterscheinung einiger Prozesse in der kontinuierlichen Existenz solcher physikalischen Kombinationen ist, wirft die ganze Last der Erklärung genauso vollständig auf die Linie der physikalischen Kausalität, als ob dies der Fall wäre überhaupt keine solche Begleiterscheinung des Bewusstseins. Die bestimmenden Ursachen sind ausschließlich physikalischer Natur, und die Abfolgekette ist innerhalb der Grenzen chemischer und mechanischer Beziehungen vollständig. Die Tatsache, dass unabhängiges und begleitendes Bewusstsein einige der fraglichen Handlungen begleitet, ist ein interessanter Umstand, aber obwohl Bewusstsein als Wirkung erzeugt wird, erzeugt es nach dieser Theorie niemals selbst Wirkungen.

Der Versuch, die Vorstellungen der ursprünglichen chemischen Faktoren (die sechzig oder siebzig sogenannten Elemente) und der physikalischen Faktoren (Wärme, Licht usw.) durch die Assoziation von Geist, Gefühl usw. mit ihnen zu ändern, hat sich bewährt brachte zu verschiedenen Zeiten vage Theorien hervor. Insbesondere in späteren Jahren hat Professor Cliffords Theorie des Geisteswesens große Aufmerksamkeit auf sich gezogen. Aber Professor Clifford versuchte, seine Theorie seltsamerweise nur auf eine vage, halbmechanische, halbsubjektive Art und Weise auszuarbeiten. Es war nicht so beschaffen, dass wir aus einem Nebel, wie wir ihn für den Vorläufer des Sonnensystems hielten, daraus auf das existierende Universum schließen könnten. Die richtige Darstellung eines solchen Problems wäre eine Darstellung der Beziehungen nicht nur von Geistesstoff, sondern auch von Geistes-Sauerstoff, Geistes-Stickstoff usw. Die Konzeption müsste so beschaffen sein, dass sie den Geistesfaktor ausdrückt , mentale Seite oder subjektiver Aspekt von Sauerstoff, im Zusammenhang mit dem Geistesfaktor von Stickstoff usw., und wie sie das Verhalten der doppelt zusammengesetzten Atome oder der komplexeren Moleküle, zu denen sie sich formten, auf verschiedene Weise beeinflussten. Dies ist jedoch nur ein Hinweis auf die größere Aufgabe, die Gesamtheit der elementaren Substanzen und den Wert und die Wirkung ihrer relativen Geistesfaktoren abzuschätzen. Daraus müsste das Gesetz des Wachstums bestimmt werden, durch das sich mit zunehmender Komplexität die kontinuierlich wachsende

Macht des Geistesfaktors bei der Bestimmung von Handlungen entwickelte. Darauf könnte eine rationale Grundlage für eine Definition des Lebens beruhen, die es ermöglichen würde, das Organische als aus dem Anorganischen entstehend zu erkennen. Und da sich das Organische in seiner neuesten und höchsten Entwicklung hauptsächlich durch gezielte Handlungen auszeichnet, könnte man davon ausgehen, dass sich gezielte Handlungen auf natürliche Weise aus Handlungen entwickelt haben, die keine Absicht hatten. Aber eine solche Theorie ist nicht in der Lage, eine eindeutige Aussage zu treffen, und unser philosophisches Ziel bei dem Versuch, den Ursprung von absichtlichem Handeln aus nicht-absichtlichem Handeln zu erklären, liegt so weit entfernt wie eh und je.

Zur vollen Befriedigung des Studenten könnte es hier auch angebracht sein, darüber nachzudenken, inwieweit der Ursprung des absichtlichen Handelns von Herrn Darwin berücksichtigt wird oder durch seine Methoden erklärt werden kann. Es gibt einen großen Unterschied zwischen Mr. Spencers Behandlung der Biologie und der von Mr. Darwin. Herr Spencer strebt ein vollständiges logisches deduktives System an und versucht zu zeigen, dass in der Natur der Dinge alles, was ist, so gewesen sein muss, wie es ist. Das Unterfangen von Herrn Darwin ist nicht so ehrgeizig. Er beschränkt seine Studien auf den Bereich der Biologie und auf die Vergangenheit von Lebewesen, wie sie uns in den geologischen Aufzeichnungen überliefert ist. Es handelt sich um ein rein wissenschaftliches Werk, das nicht über die Verallgemeinerung der Tatsachen hinausgeht, mit denen er sich befasst. Diese sind groß und immens wichtig; so sehr, dass sie die gesamte Geschichte der Lebewesen abdecken; seine Erklärungen gehen jedoch nur in eine bestimmte Richtung. Sie sind nicht grundlegend, und wir werden nur zeitlich zurückgeführt, in die ursprüngliche Dämmerung und ultimative Dunkelheit. Seine Theorie ist streng kausal. Die Erklärung existierender Organismen liegt in den Beziehungen vorausgehender Faktoren. Einen Teil davon verstehen wir, einen Teil davon verstehen wir nicht. Wir verstehen den Grund von Entstehung und Vererbung nicht, aber wir wissen, dass es sich dabei um Tatsachen handelt, und sie bilden die Grundlage für umfassende Erklärungen. Denn wenn Organismen veränderbar sind, können immer größere Veränderungen in Struktur und Funktion hervorgerufen und reproduziert werden. Die Zunahme induzierter Veränderungen in verschiedene Richtungen kann in nachfolgenden Generationen dazu führen, dass jeder Anschein einer Beziehung zum ursprünglichen Vorfahren ausgelöscht wird. Was die Gesetze dieser Veränderungen sind, ist die große Leistung von Herrn Darwin, die erklärt hat. Der Kampf ums Dasein, das Überleben des Stärksten, die Anpassung an neue Umgebungen durch die Nutzung und Nichtbenutzung von Teilen, die Veränderungen, die durch Klima- und Ernährungsveränderungen oder durch die Wirkung neuer Organismen in der Umwelt hervorgerufen werden, all diese Überlegungen eröffnen sich Vor dem erstaunten und bewundernden Blick des Menschen finden sich umfangreiche und interessante Geschichten über Veränderungen, wie sie ein anspruchsvoller Geist wie Mr. Grant Allen auf seinen Streifzügen durch die englischen Felder genießen kann.

Es stellt sich die Frage, inwieweit Herrn Darwins Theorien philosophisch erweitert werden können, um zu erklären, was er als ungeklärt akzeptiert, nämlich: Entstehung, Vererbung, der Ursprung von Organismen aus dem Anorganischen, die allmähliche Entwicklung des Bewusstseins, die Steigerung des Gefühls usw Intelligenz und das Aufkommen zielgerichteten Verhaltens, das auf die Erreichung bestimmter und aufgeschobener Ziele ausgerichtet ist? Er lässt jedoch alle diese Punkte unberücksichtigt, da sie nicht in seinen wissenschaftlichen Bereich fallen. Offensichtlich sind seine Theorien nicht geeignet, zu erklären, was sie für selbstverständlich halten. Sie können nicht erklären, worauf sie basieren. Der Ursprung von Organismen ist ungeklärt: Die Fortpflanzung der Art wird als ungeklärte Tatsache akzeptiert, ebenso die Vererbung und das Vorhandensein von Bewusstsein. Gezielte Handlungen werden in Herrn Darwins Werken nicht berücksichtigt.

Es gibt jedoch einen Punkt, auf den wir die Aufmerksamkeit lenken möchten, und zwar in Bezug auf die unterschiedliche Methode, mit der die Artenveränderungen von Herrn Spencer und Herrn Darwin behandelt werden. Ersteres geht davon aus, dass alle Änderungen durch die Gesetze des sich bewegenden Gleichgewichts erforderlich sind, so dass eine Änderung des Klimas, die einem Organismus über einen langen Zeitraum hinweg die für sein Fortbestehen erforderliche Feuchtigkeit entzieht, unbedingt eine Vorrichtung dazu erfordern würde Es ist seine Aufgabe, die äußere Kraft der Dürre auszugleichen. Es liegt in der Natur der Dinge, dass die Pflanze dick und saftig wird wie der Kaktus oder dass das Tier für sich selbst ein Reservoir zur Speicherung von Wasser bildet.

Die Theorie von Herrn Darwin ist ganz anders. Er vertritt die Tatsache, dass Organismen, insbesondere die der niedrigeren und einfacheren Formen, ständig „Sport" produzieren. Hierbei handelt es sich nicht um zufällige Zufälle im falschen metaphysischen Sinne von „unverursacht", sondern um Zufälle, die durch einen äußeren oder inneren Vorfall im Wachstum des Embryos hervorgerufen werden, der dazu führt, dass dieser an irgendeinem Punkt von der Struktur des Elternteils abweicht. Dieser „Sport" kann für den neuen Organismus zum Vorteil oder zum Nachteil sein. Sollte es das letztere sein, geht es bald zugrunde; wenn es aber dem Organismus zu einem erfüllteren Leben verhelfen sollte, dann wird es länger und besser leben, und seine Nachkommen werden in gleicher Weise zum Nachteil seiner Artgenossen des unverbesserten Typs überleben. Die auf diese Weise hervorgerufene Anhäufung von Veränderungen bald in der einen, bald in der anderen Richtung könnte zusammen mit den andernorts angegebenen Einflüssen viel zur Entwicklung der Arten beitragen und hat dies zweifellos auch getan.

Für diesen Grund des Wandels geben wir in keinem respektlosen Geist den Namen „Theorie des glücklichen Zufalls" im Gegensatz zu Mr. Spencers „Theorie des beweglichen Gleichgewichts" und fragen uns, was sie erklären kann und was nicht. Innerhalb der Grenzen von Herrn Darwins Untersuchung mag es viel erklären, aber es erklärt überhaupt die grundlegenden Tatsachen, die er für selbstverständlich hält – Genese, Vererbung und Bewusstsein oder den Ursprung des Organischen aus dem Anorganischen. Könnte ein anorganisches Aggregat, das durch die Beziehungen bestimmter chemischer Verbindungen unter der Einwirkung von Licht, Wärme usw. entsteht, zufällig durch Spaltung oder auf andere Weise zur Generation werden und dann durch eine Reihe von Ereignissen zur sexuellen Generation führen? Könnte eine solche chemische Kombination zufällig bewusst werden und durch eine Reihe von Sportarten ihr Bewusstsein in einen Zweck umwandeln? Wir glauben, dass wir die „Happy Accident Theory" – die Sporttheorie – nicht in diese Regionen tragen können. Dies ist eine gültige und gerechtfertigte Theorie innerhalb der Grenzen der Biologie, auch wenn die Einschätzung ihrer Ergebnisse auch hier übertrieben sein kann; aber darüber hinaus und hinter diesen Grenzen nützt es nichts . Das bloße Eingeständnis davon ist ein Eingeständnis der Unwissenheit und der Unfähigkeit, die genaue Ursache der Ursache zu begreifen; Solange wir jedoch davon überzeugt sind, dass der Unfall oder die Sportart, die zu einer Vielfalt führt, im Rahmen von Faktoren geschieht, die wir erkennen können, hat die Unfähigkeit, die besondere Ursache einer besonderen Sportart zu erklären, keinen Einfluss auf das Allgemeine Theorie. Aber wenn jemand die Anwendung der Theorie voreilig erweitern sollte, um das ansonsten unerklärliche Vorhandensein eines neuen Faktors zu erklären, oder sie als Erklärung einer Reihe von Sequenzen vorbringen sollte, die sich nicht logisch aus allem ableiten lassen, was in die mentale Bewertung des Faktors einbezogen ist Wenn er die ursprünglichen Faktoren berücksichtigt, durch die das System der Folgen vereinheitlicht werden soll, dann begeht er in der Tat einen sehr großen Fehler.

Um einem solchen Fehler vorzubeugen, sollten wir die richtigen Grenzen für die Anwendbarkeit von Herrn Darwins Theorie beachten. Tatsächlich glauben wir, dass es zu häufig angenommen wird, dass die Theorie von Herrn Darwin von der universalistischen Reichweite der Theorien von Herrn Spencer ist; seine Arbeit ist jedoch rein wissenschaftlicher Natur und bezieht sich auf das Fachgebiet der Biologie.

Es wird aufgefallen sein, dass wir uns in der vorangegangenen Argumentation nicht mit dem philosophischen Problem der Erkenntnistheorie befasst haben. Wir haben das Studium des Kosmos einfach in der historischen Ordnung betrachtet und festgestellt, dass das Anorganische dem Organischen vorangeht, das Unbewusste dem Bewussten, eine historische Ordnung, die nicht bestritten werden kann, egal welche Erkenntnistheorie vertreten wird.

Wir kommen daher zu dem Schluss, dass die Daten der Ethik insofern ein Versuch sind, gezielte Handlungen und ihre ethische Qualität mit einer philosophischen Methode der von Herrn Spencer vorgeschlagenen Art zu erklären, nämlich als Teil eines angemessenen Verständnisses des kosmischen Prozesses, und der Geschichte des Universums, die sich aus der Kenntnis der Beziehungen seiner ursprünglichen Faktoren ergibt – bisher muss Mr. Spencers Arbeit als gescheitert angesehen werden. Wir halten es für wahr, dass die Arbeit, die hier untersucht wird, viel wirklichen wissenschaftlichen Wert und viele originelle Einsichten und ein wahres Verständnis des Prozesses enthält; Dieser wissenschaftliche Wert wird jedoch durch die vagen kosmischen Bezüge, die eine ansonsten bewundernswerte Studie durchziehen, stark verdeckt. Wie zu Beginn des Kapitels dargelegt, betrachten wir den Versuch, gezielte Handlungen mit den allgemeinen Linien des kosmischen Prozesses in Verbindung zu bringen, um die Wirkung der Arbeit in ihrem wissenschaftlichen Aspekt zu beeinträchtigen. Der Fehler ist umso größer, als Mr. Spencer den Schwerpunkt seiner Theorien nicht so sehr auf ihren begrenzten wissenschaftlichen Wert als vielmehr auf die Solidität der philosophischen Grundlage legt. Seit mehr als zwanzig Jahren arbeitet er auf dieser Grundlage, und im Verlauf seiner wunderbaren Arbeit hatte er stets die Etablierung der Ethik auf einer kosmischen Grundlage als seine krönende Errungenschaft im Auge, und zwar durch einen kosmischen Prozess, dessen glorreiches Ergebnis sie sein sollte . Durch die Stimme des expandierenden Universums sollte gezeigt werden, dass Ethik dominant und zwingend ist. Doch außer zu zeigen, dass die Ethik ein Teil des Studiums der Biologie ist, deren allgemeine Entwicklungsgesetze bekannt sind, deren Faktoren, ihre Beziehungen und ihr Ursprung jedoch völlig unbekannt sind, ist ihm das nicht gelungen. Mit der angegebenen Ausnahme hätte er seine „Daten der Ethik" genauso gut zuerst wie zuletzt schreiben können.

FUSSNOTEN:

[2] Data of Ethics, S. 5 und 6.

[3] Data of Ethics, S. 61.

[4] Siehe „Über Mr. Spencers Vereinheitlichung des Wissens", Kap. I., Abs. 1 und Kap. III, Abs. 4.

[5] Zu Mr. Spencers „Unification of Knowledge“, Kap. V.

[6] Data of Ethics, S. 10.

[7] Zu Mr. Spencers „Unification of Knowledge“, S. 231, *ff.* ; und siehe Dr. Bains Antwort in „Mind“, Nr. xxxi.

- 25 -

KAPITEL II.
DIE WISSENSCHAFTLICHE SICHT AUF DIE ENTWICKLUNG DER ETHIK.

Das moderne Denken wurde seit der Veröffentlichung von „Die Entstehung der Arten" immer mehr dazu gezwungen, die Ethik (zusammen mit allen anderen Formen menschlichen Verhaltens) als Ergebnis eines Prozesses natürlichen Wachstums anzuerkennen. Die Faktoren, aus denen dieses Wachstum entstand, gehen im Dunkeln unserer Unwissenheit verloren, und viele der Prozesse, auf denen es beruhte, übersteigen auch die vorhandenen menschlichen Erklärungsfähigkeiten. Die Wissenschaft muss die ungeklärte Existenz von Organismen als selbstverständlich annehmen. Für ihre Zwecke muss sie zunächst bestimmte primitive Organismen mit einer einfachen Struktur und Funktion annehmen. Sie ist auch verpflichtet, die Tatsachen der Fortpflanzung und der Vererbung anzuerkennen, obwohl sie sie nicht versteht. Sie kann sich auch nicht weigern, neben den Faktoren der Chemie und der Physik einem subjektiven Faktor namens Gefühl, Bewusstsein, Geist oder wie auch immer er sich am besten ausdrückt, einen Platz in der Entwicklungsgeschichte einzuräumen. All diese unerklärlichen, aber grundlegenden Wahrheiten der Existenz muss sie annehmen. Gerade weil diese ungeklärt sind, wird die Wissenschaft nicht zur Philosophie. Aber im Rahmen ihrer Wirkungsweise kann uns die Wissenschaft viel sagen, und die darwinistischen Lehren haben uns die wunderbaren Geschichten der Veränderung und des Wachstums in den vorangegangenen Zyklen der Weltexistenz vor Augen geführt. Nachdenkliche Menschen haben heute kaum noch Zweifel an der Wahrheit der biologischen Entwicklung. Die Theorie beruht auf einer so umfassenden Induktion von Tatsachen, die sich über so viele Zweige der Wissenschaft und über so lange Zeiträume erstreckt, und hat dabei wie durch einen Zaubertrick alle möglichen seltsamen, unverständlichen Tatsachen in wohlgeordneter Weise an bestimmten Orten angeordnet organische Geschichte, dass der Geist seiner Unterwerfung unter eine so imperiale und überzeugende wissenschaftliche Auffassung nicht länger widerstehen kann.

Obwohl die philosophischen Gesetze der biologischen Entwicklung, wie wir gesehen haben, außerhalb unserer Reichweite liegen und unsere Theorie des zufälligen Ursprungs von Variationen eher lahm ist, lässt sich dennoch viel in den formalen Aussagen, die als Gesetze der biologischen Entwicklung bezeichnet werden, ausdrücken beleuchtet jene Veränderungs- und Wachstumsprozesse, die von einfachen organischen Formen zur höchsten Manifestation des Lebens in der Menschheit geführt haben. Herr Spencer definiert das Leben als „die kontinuierliche Anpassung der inneren

Beziehungen an die äußeren Beziehungen". Dies betrachtet Mr. Spencer nicht nur als eine Definition, sondern als ein Gesetz. Nach einer philosophischen Rechtfertigung wird vergeblich gesucht, aber sie kann als korrekte wissenschaftliche Aussage akzeptiert werden – nicht nur über die unbewussten Anpassungen von Organismen an Veränderungen der Umwelt (wie die Verdickung des Fells, um der arktischen Kälte zu widerstehen, oder schützende). (Änderung der Farbe, um die physische Umgebung nachzuahmen), sondern auch die bewussten Anpassungen, durch die höhere Tiere bestimmte Handlungen ausführen oder Gewohnheitsänderungen durchlaufen.

Wie Herr Spencer betont, bedeutet die Akzeptanz dieses Gesetzes nicht nur eine völlige Harmonie zwischen der Existenz eines Organismus und seiner Umwelt, sondern auch verschiedene Grade des Lebens. Je größer die Zahl und Vielfalt der Korrespondenzen ist, die zwischen einem Organismus und den Unermesslichkeiten der Außenwelt hergestellt werden – Unermesslichkeiten, die sich nicht nur in der Vielfalt einzelner Objekte, sondern auch in der Größe ihrer kollektiven Wechselbeziehungen zeigen –, desto größer ist der Grad des Lebens. Herr Spencer legt großen Wert auf diesen quantitativen Charakter des Lebens. Tatsächlich viel mehr als auf bloßer Kontinuität, obwohl letztere in gewissem Maße für erstere wesentlich ist. Dieser Vorstellung zufolge führt der Fortschritt im Grad des Lebens von einem einfachen, inkohärenten und unbestimmten Leben zu einem immer klareren, kohärenteren und komplexeren Satz von Beziehungen zur Umwelt.

Aber parallel zu dieser Entwicklung, und zwar in einer Art und Weise, die mit der einer geometrischen Progression vergleichbar ist, hat der subjektive Faktor an relativer Bedeutung gewonnen. In seiner rudimentäreren Entwicklung sieht Mr. Spencer Schmerz als Begleiterscheinung jener Zustände des physischen Organismus, die zu seiner Zerstörung tendieren, und Lust als Begleiterscheinung derjenigen Zustände, die zu seiner Förderung tendieren. Somit ist Hunger ein Schmerz, der auf das Fehlen der aus der Umwelt zu gewinnenden Energiereserven hinweist, die für die Aufrechterhaltung der Aktivität des Organismus erforderlich sind, während die Freude am Essen mit der angemessenen Zufuhr der für die Aufrechterhaltung notwendigen Energie einhergeht der organischen Funktion. Vergnügen und Schmerz werden daher zu Motiven, und das Erreichen des einen und die Vermeidung des anderen wirken für den Fortbestand des Lebens zusammen. Freuden und Schmerzen sind relativ zum Organismus – entsprechend der physiologischen Konstitution und Struktur des Organismus sind es auch seine Freuden und Schmerzen.

Mit einigen Strukturen und Funktionen des Organismus geht nicht nur die Empfindungsfähigkeit einher, sondern auch die Wahrnehmung. Der Geist hat sich aus der Unterscheidung, Identifizierung und Erkennung von Empfindungsmodi entwickelt. Diese Funktionen und Strukturen gingen mit Lust und Schmerz einher und bildeten die Grundlage für die Freuden geistiger Aktivität in ihrer vielfältigen Vielfalt. Aufgrund ihrer Natur im Verhältnis zur Umwelt haben sie die quantitative Entwicklung des Lebens wunderbar gesteigert.

Mit der Entwicklung des Geistes ging die Erkenntnis der Rolle voran, die das Gefühl im organischen Universum spielt. Diese Erkenntnis der Existenz von Gefühlen – der Anfälligkeit äußerer Organismen für Lust und Schmerz – bildete die Grundlage für einen großen Teil der Anpassungen von Organismen an ihre organische Umgebung. Anpassungen, die diese Erkenntnis offenbaren, sind nicht nur deutlicher in den Handlungen von Menschen und Tieren zu sehen, sondern auch in den Funktionen von Pflanzen, so seltsam dies auch erscheinen mag.

Mit dieser Zunahme der allgemeinen Intelligenz ging eine Zunahme des rationalen Wissens über die kausalen Zusammenhänge von Phänomenen einher, und mit der Zunahme des Wissens über menschliche Motive ging eine Zunahme des Wissens über die Abfolgen von Handlungen einher. Auf diese Weise wurden umfassendere rationale Urteile über die Konsequenzen von Handlungen gewonnen.

Auf die zunehmende Anerkennung von Lust und Schmerz als Motive und auf die zunehmende rationale Beurteilung der Handlungsabläufe folgte die Anpassung des Verhaltens an die Schmerzen und Freuden anderer. Diese Anpassungen erfolgten jedoch relativ zur jeweiligen Konstitution des Egos und auch relativ zur Konstitution der umgebenden Egos.

Das Wissen um die Existenz von Empfindungsvermögen in externen Organismen kann dem Ego zugute kommen, indem es Schmerzen zufügt, um so andere empfindungsfähige Organismen zu seinen eigenen selbstsüchtigen Objekten zu zwingen; oder wiederum durch die Gewährung von Vergnügen, um demselben Zweck zu dienen. So kann Grausamkeit in bestimmten frühen Entwicklungsstadien als Begleiterscheinung der Existenznotwendigkeiten ein natürliches Vergnügen sein und durch Vererbung lange nach dem Verschwinden der Notwendigkeiten bestehen bleiben. Aber mit der Zunahme des Lebens ist auch die Sympathie gewachsen. Es ist ein Naturgesetz, dass die Freuden des Egos, nachdem sie befriedigt wurden, durch die Betrachtung ähnlicher Freuden anderer gesteigert werden. Aber auch das ist relativ. Der Feinschmecker mag die Gesellschaft der Feinschmecker und kümmert sich nicht um die Gesellschaft des Ästhetischen oder Asketen. Der Mann mit Geschmack schwelgt in der

Gesellschaft verwandter Naturen und verachtet die Vergnügungen der Unterwelt. Aber die Familienbeziehung ist die Hauptquelle aller süßen und männlichen Sympathien gewesen, und es war die allmähliche Erweiterung des Wirkungskreises sozialer Organisationen, die das Gefühl menschlicher Sympathie immer mehr verbreitete. Der Lauf der Geschichte zeigt uns ein stetiges Wachstum, nicht nur im passiven Verzicht auf das Zufügen von Schmerz, sondern auch im aktiven Bemühen, das Glück unserer Mitgeschöpfe zu fördern.

Dies ist eine allgemeine Aussage der wissenschaftlichen Sichtweise von vorsätzlichem Verhalten. Seine Gesetze werden aus einer Untersuchung seines Wachstums abgeleitet. Das Wachstum weist mehrere unterscheidbare Merkmale auf. Es gab den gewöhnlichen biologischen „Kampf ums Dasein" und das „Überleben des Stärkeren". Es gab Anpassungen, die durch die Einwirkung der Umwelt erforderlich wurden, und es gab zufällige Variationen innerhalb der Kausalitätslinien, die dem Einzelnen oder einer bestimmten Rasse zugute kamen und ihnen im Kampf ums Leben einen solchen Vorteil verschafften, dass sie ihren Nachkommen sicherten ein überwiegender Besitz der guten Dinge der Welt. Die Intelligenz hat zugenommen, die Organisation der Gesellschaft hat zugenommen, die rationale Beurteilung von Phänomenen und menschlichen Handlungen hat zugenommen. Das Wissen über die Bestimmung von Handlungen durch Motive hat zugenommen. Die Sympathie hat zugenommen.

Doch was der ethische Wert dieser historischen Studie ist, ist nicht ganz klar. Die Geschichte der menschlichen Entwicklung ist eine Frage der Naturgeschichte und nicht mehr. Und selbst wenn wir so vorgehen, wie wir es vielleicht tun würden, die Geschichte der Entwicklung der Vorstellungen von richtig und falsch und der verschiedenen wechselhaften Anwendungen dieser Begriffe detaillierter zu studieren, befinden wir uns immer noch innerhalb der Grenzen einer Naturgeschichte – wir sind es immer noch eine lediglich wissenschaftliche oder beobachtende Haltung einnehmen. Es ist wahr, dass ein solches Studium für unsere zukünftige Geschichte von wesentlicher Bedeutung sein kann, aber das bloße Studium dessen, was war, und die daraus resultierende Voraussicht dessen, was sein wird, begründet keine Rechtsregel. Die Vorhersage der entscheidenden Abläufe künftigen menschlichen Verhaltens stellt für den Einzelnen keinen ethischen Imperativ dar. „Wenn es so sein wird", könnte er sagen, „so lass es sein, es ist nicht meine Angelegenheit. Die Verpflichtung liegt bei der Natur und nicht bei mir." Woher kommt dann das neue „Regulierungssystem", dessen Mangel Herrn Spencer mit Besorgnis erfüllt? Wo sollen wir nach dem neuen Evangelium suchen, das das moralische Verhalten zukünftiger Generationen zügelt und belebt, anstelle der übernatürlichen Systeme, die angeblich ihrem Untergang entgegensinken?

Und wenn wir darüber hinausgehen und feststellen, dass diese Naturgeschichte des Menschen von allgemeinen Gesetzen der Anpassung und Entwicklung bestimmt wird, müssen wir immer noch das ethische Urteilsvermögen und die ethische Autorität in besonderen Momenten in Frage stellen, wenn beurteilt wird, was ist – nicht das ist, was es ist sollte sein; wenn tatsächlich Anpassungen oder biologische Tatsachen oder durch die Evolution hervorgerufene Gleichgewichte als ethisch nicht gute Gleichgewichte beurteilt werden.

Herr Spencer ist jedoch der Ansicht, dass Regeln für richtiges Verhalten auf wissenschaftlicher Grundlage aufgestellt werden können, und es ist unsere Aufgabe, seine Behandlung des Problems zu untersuchen.

„Obwohl dieser erste Abschnitt des Werks, der die Synthetische Philosophie abschließt, natürlich nicht die spezifischen Schlussfolgerungen enthalten kann, die im gesamten Werk dargelegt werden sollen, impliziert er sie doch auf eine Weise, dass zu ihrer definitiven Formulierung nichts außer logischer Schlussfolgerung erforderlich ist."

„Mir liegt es umso mehr daran, in groben Zügen anzugeben, ob ich diese letzte Arbeit nicht abschließen kann, weil die Festlegung von Regeln für richtiges Verhalten auf wissenschaftlicher Grundlage ein dringendes Bedürfnis ist. Jetzt, da moralische Gebote die Autorität verlieren, die ihr angeblich heiliger Ursprung verleiht, Die Säkularisierung der Moral wird immer zwingender. Wenige Dinge können katastrophaler sein als der Verfall und der Tod eines nicht mehr tauglichen Regulierungssystems, bevor ein anderes und besseres Regulierungssystem entstanden ist, um es zu ersetzen. Die meisten derjenigen, die die aktuellen Glaubensbekenntnisse ablehnen , scheinen davon auszugehen, dass die von ihr bereitgestellte Kontrollinstanz getrost beiseite geworfen werden kann und die freie Stelle durch eine andere Kontrollinstanz unbesetzt bleiben kann. In der Zwischenzeit behaupten diejenigen, die die aktuellen Glaubensbekenntnisse verteidigen, dass es ohne die darin enthaltene Orientierung keine Orientierung geben könne Sie halten die göttlichen Gebote für die einzig möglichen Wegweiser. Zwischen diesen extremen Gegnern besteht also eine gewisse Gemeinschaft. und der andere meint, dass es nicht so gefüllt werden kann. Beide betrachten ein Vakuum, das der eine wünscht und den anderen fürchtet. Da die Veränderung, die diesen gewünschten oder gefürchteten Zustand herbeizuführen verspricht oder droht, rasch voranschreitet, werden diejenigen, die glauben, dass das Vakuum gefüllt werden kann, aufgefordert, etwas zu tun, um ihrem Glauben gerecht zu werden." [8]

Aus der obigen Passage geht klar hervor, dass Herr Spencer nicht nur eine Kenntnis der Gesetze vergangener Entwicklungen anstrebt, die uns in unsere gegenwärtige Lage im Hinblick auf moralische Verpflichtungen im Allgemeinen und die unterschiedlichen sozialen Vorschriften in verschiedenen Gesellschaften gebracht haben, sondern aber er versucht darüber hinaus, die Autorität aller dieser Verpflichtungen zu stärken und auf einer neuen Grundlage zu etablieren. Was Mr. Spencer hofft, ist ein praktisches Ende. Er sucht die Kunst des guten Lebens. Da es Wissenschaften der Chemie, Metallurgie, Elektrizität usw. und die daraus resultierenden Künste gibt, sucht er nach Lebensregeln, die der Menschheit zugute kommen und die sich aus der Wissenschaft der Menschheit ergeben. Es ist jedoch fraglich, ob der moralische Imperativ als Ergebnis der Wissenschaft angesehen werden kann. Wenn jedoch nicht das Ergebnis, dann könnte die Wissenschaft doch erkennen, dass der moralische Imperativ so fest in der menschlichen Natur verankert ist, dass er in der Lage sein könnte, lautstark seine Herrschaft im Herzen und über die Handlungen des Menschen zu verkünden; während gleichzeitig die Wissenschaft in der Lage sein könnte, sie zu klügeren und besseren Urteilen zu führen.

Die vor uns liegende Aufgabe besteht darin, Herrn Spencers Gedankengang in diesem Sinne in den folgenden Kapiteln seines Werkes weiterzuverfolgen. Unter Vernachlässigung geringfügiger Kritikpunkte und Überlassung vieler wertvoller Lehren besteht unsere Aufgabe darin, dem Hauptgang seiner Argumentation zu folgen und die Hauptgründe für diese Autorität und Führung zu untersuchen, die er uns schließlich als Ergebnis seines Studiums präsentiert.

FUSSNOTE:

[8] Einführung in „Data of Ethics", S. 3.

KAPITEL III.
DIE BIOLOGISCHE SICHT DER ETHIK.

Wir werden am besten zu einer angemessenen Einschätzung des ethischen Systems von Herrn Spencer gelangen, indem wir zunächst studieren, was er als die biologische Sichtweise der Ethik bezeichnet. Aber um dies richtig zu machen, bedarf es einer Betrachtung nicht nur des Kapitels VI, das diesen Titel trägt, sondern auch des folgenden Kapitels, das sich mit der psychologischen Sichtweise befasst. Wir sind der Meinung, dass Herr Spencer mit dieser Aufteilung seines Fachs in einzelne Abschnitte eine falsche Anordnung seiner Studien vornimmt. Denn einerseits ist er bestrebt, das Studium der Biologie als Teilgebiet der Physik einzubeziehen, andererseits hält er es für ungeeignet, eine umfassende Entwicklungsstudie ohne die Faktoren Gefühl und Geist durchzuführen. Diese Unterteilungen sind markante Merkmale der Form, in die Herr Spencer sein Studium des menschlichen Verhaltens gebracht hat, aber sie entsprechen nicht seiner tatsächlichen Behandlung des Themas. Der Gedankengang lässt sich nicht in die formale Gliederung einordnen. Es zeigt sich, dass das Verständnis der Biologie ebenso von Kenntnissen der Psychologie wie von Kenntnissen der Physik abhängt. Die dargelegte Reihenfolge der abhängigen Stufen gilt nicht. Das Verhalten tierischer und vielleicht pflanzlicher Organismen lässt sich nicht als Wirkung bloßer physischer Aggregate erklären und wird ohne die Berücksichtigung eines subjektiven Gefühls- oder Geistesfaktors kaum verstanden. Für Herrn Spencer ist es völlig in Ordnung, wie er es in Kapitel V tut, über die „physikalische Sichtweise" zu argumentieren, dass jedes Verhalten, da es sich um eine objektiv physikalische Handlung handelt, getrennt vom physikalischen Gesichtspunkt aus untersucht werden kann; Aber da die Handlungen von Organismen nicht innerhalb der Grenzen der physikalischen Gesetze erklärt werden können, ist dies eine sehr nutzlose Erinnerung, und Mr. Spencer selbst macht sich nichts aus der Studie, da er die Kausalitätslinie nicht nur anhand der physikalischen Faktoren ermitteln kann . Andererseits stellen wir fest, dass unser Autor noch nicht drei Seiten in die biologische Sichtweise vorgedrungen ist, bevor er die subjektiven Faktoren von Vergnügen und Schmerz einführt, die er schließlich nicht nur als Begleiterscheinungen lebenserhaltender und lebensverringernder Handlungen, sondern sogar feststellt als Ursachen für weitere Handlungen, die gleichzeitig darauf abzielen, Freude zu bereiten und Schmerzen zu vermeiden und so den Organismus im Fortbestehen seiner Existenz zu erhalten. Nur drei Seiten lang kann die rein biologische Sicht auf tierische Organismen als physikalische Bewegungsgleichgewichte aufrechterhalten werden; und dann kommt mit Abschnitt 32 die Einführung subjektiver

Faktoren – Faktoren, die nicht nur als Begleiterscheinungen physikalischer Prozesse behandelt werden, die vollständig innerhalb und gemäß den Gesetzen der physikalischen Abfolge ablaufen, sondern als tatsächliche Faktoren, die die Kausalitätslinie stören und beeinflussen. Es ist wahr, dass Herr Spencer die Schwierigkeit erkennt und sich damit befasst, die sich offensichtlich in Bezug auf die Trennbarkeit der psychologischen Sichtweise von einer biologischen Sichtweise ergibt, die die Faktoren Vergnügen und Schmerz zulässt. Die von ihm vorgenommene Unterscheidung ist zwar gerechtfertigt, löst aber nicht die grundsätzliche Schwierigkeit. Die Psychologie befasst sich grob gesagt mit der Mentalität; Es umfasst eine Untersuchung der Etablierung von Sätzen innerer Beziehungen (*d. h* . Gedankenassoziationen, Ideenbeziehungen, Reihenfolgebeziehungen, der Erinnerungs-, Unterscheidungs- und Identifikationskräfte) mit Sätzen äußerer Beziehungen, nämlich den tatsächlichen Existenzen deren Repräsentanten die inneren Beziehungen sind. Die Etablierung solcher inneren Beziehungen, die den äußeren Beziehungen entsprechen, und ihr zunehmendes Wachstum müssen einen deutlichen Einfluss auf das menschliche Verhalten haben, so dass es der Einfachheit halber durchaus von den früheren Formen organischen Verhaltens getrennt werden kann, bei denen ein solches Handeln kaum erkennbar ist . Die Schwierigkeit besteht jedoch darin, das Konnektivgesetz zu bilden. Darüber hinaus ist es eine Sache, die Tatsache der Evolution festzustellen, und eine andere, sie zu erklären. Wir selbst geben die Tatsache zwar zu, suchen aber vergeblich nach einer Erklärung.

Sollen wir den Ursprung von Vergnügen und Schmerz in jenen Gesetzen des sich bewegenden Gleichgewichts suchen, die die Erzeugung innerer Kräfte erfordern, die den äußeren feindlichen Kräften gleichwertig und entgegengesetzt sind? Wenn das der Fall ist, müssen Vergnügen und Schmerz als Kräfte – als Faktoren – im Organismus betrachtet werden, und wir müssen das Subjektive als durch äußere physikalische Faktoren erzeugt betrachten, die auf innere physikalische Faktoren einwirken, und wir müssen diese subjektiven Faktoren nicht nur als begleitend betrachten, sondern als als physikalische Wirkungen durch Reaktion hervorrufen.

Soweit es geht, mag es eine physische Sichtweise des beabsichtigten Verhaltens geben, und soweit es geht, mag es eine psychologische Sichtweise geben, aber zwischen den beiden ist die biologische Sichtweise lediglich eine ungeordnete Mischung, die ihre Begriffe zuerst einerseits und dann andererseits entlehnt auf der anderen Seite und ihre bestimmenden Ursachen zunächst der Theorie des physischen Bewegungsgleichgewichts und dann wieder der Antizipation von Lust und Schmerz zuzuordnen. Aber das biologische Gesetz, das diese beiden Gesetzessätze koordinieren sollte, ist nicht formuliert, und daher finden wir einen mehr oder weniger gleitenden oder mehr oder weniger plötzlichen Übergang von einem Satz von Begriffen oder Gesetzen zum anderen, einen Fehler, der darin verborgen ist gewissermaßen durch die formale Unterteilung der Kapitel. Doch wenn man den Gedankengang genau verfolgt, stellt man fest, dass die eigentliche Behandlung nicht richtig passt. Es gibt einen unverkennbaren Übergang von der rein physikalischen Faktorenmenge zur rein subjektiven, und es gibt überhaupt kein koordiniertes biologisches Gesetz . Das Kapitel ist zwar ein Übergangskapitel, aber nur in dem Sinne, dass die Verwendung einer Reihe von Begriffen schrittweise aufgegeben und eine andere Reihe von Begriffen bei der Behandlung derselben Phänomene schrittweise verwendet wird.

Herr Spencer argumentiert in Kapitel V gut über die Gleichzeitigkeit von lustvollen Handlungen mit lebenserhaltenden Handlungen und von schmerzauslösenden Handlungen mit einer Verkürzung des Lebens; aber was steht in der Kausalkette an erster Stelle? Oder, um die alte Schwierigkeit zu wiederholen: Ist der subjektive Faktor überhaupt in der Kausalitätslinie vorhanden? Handelt es sich lediglich um eine Begleiterscheinung der physischen Ereignisse?

Herr Spencer schlägt vor, Gefühle und Funktionen in ihrer gegenseitigen Abhängigkeit zu behandeln, [9] und lässt so das Subjektive als Faktor zu. Es gibt also Gefühle, die Empfindungen sind und teils als Führer, teils als Anreiz für Handlungen zur Erhaltung und Erhaltung des Lebens dienen. Und es gibt Gefühle, die zu den Emotionen gezählt werden, die ebenfalls eine sehr starke Orientierungs- und Reizwirkung haben, wie zum Beispiel Angst und Freude. Daher sind wir bei der Behandlung des Verhaltens unter seinem biologischen Aspekt gezwungen, die Wechselwirkung von Gefühlen und Funktionen zu berücksichtigen, die für das tierische Leben in all seinen weiter entwickelten Formen wesentlich ist. [10]

Darauf aufbauend wird uns beigebracht, dass Vergnügen ein Gefühl ist, das wir ins Bewusstsein zu bringen versuchen, und Schmerz ein Gefühl, das wir aus dem Bewusstsein zu halten versuchen. Dies verleiht dem subjektiven Faktor sicherlich eine beherrschende Stellung in der physikalischen Wirkung von Organismen; Es impliziert auch eine Voraussicht der Ergebnisse von Handlungen und einen gewissen Fortschritt in der Psychologie, wirft jedoch kein Licht auf die unteren Stufen biologischer Handlungen. Herr Spencer sagt jedoch, dass „passende Zusammenhänge zwischen Handlungen und Ergebnissen in Lebewesen hergestellt werden müssen, noch bevor Bewusstsein entsteht." Darauf folgt eine interessante Untersuchung der These, dass „sich diese Verbindungen nach dem Aufstieg des Bewusstseins auf keine andere Weise ändern können, als dass sie sich besser etablieren" und dass „wann immer Empfindungsvermögen als Begleiterscheinung auftritt, seine Formen so sein müssen, dass dies der Fall ist." im einen Fall ist das erzeugte Gefühl von einer Art, die gesucht wird – Vergnügen, und im anderen Fall ist es von einer Art, die gemieden wird – Schmerz." „Es ist eine unvermeidliche Schlussfolgerung aus der Evolutionshypothese, dass Rassen fühlender Geschöpfe unter keinen anderen Bedingungen hätten entstehen können", als dass „Schmerzen die Korrelate von Handlungen sind, die dem Organismus schaden, während Freuden die Korrelate von Handlungen sind, die ihm förderlich sind." Wohlfahrt."

All dies kann zugegeben werden, wenn man die Existenz des subjektiven Faktors voraussetzt; Aber in welchem Stadium beginnt es, einen so starken Einfluss auf die Entwicklung von Organismen auszuüben, und woher kommt es überhaupt? Herr Spencer sagt: „Passende Zusammenhänge zwischen Handlungen und Ergebnissen müssen sich in Lebewesen etablieren, noch bevor das Bewusstsein entsteht." „Gleich zu Beginn wird das Leben durch die Beharrlichkeit bei Handlungen, die ihm förderlich sind, und durch die Unterlassung von Handlungen, die es behindern, aufrechterhalten." Es scheint, dass ein solcher Prozess in komplexeren Organismen ohne die Unterstützung des Bewusstseins weitergehen könnte, wenn das Leben durch unbewusstes Beharren auf vorteilhaften Handlungen und unbewussten Verzicht auf schädliche Handlungen aufrechterhalten werden kann, und dass der Fortbestand und die Entwicklung des Lebens erklärt werden könnten im Sinne derselben Faktoren und Prozesse, die das Leben hervorbrachten und die Existenz von Rassen in den niedrigsten Formen von Organismen regulierten und verbreiteten. Herr Spencer vertritt eindeutig die Auffassung, dass solche Rassen von Organismen durch die Wirkung physikalischer Gesetze entstanden und erhalten wurden, bevor die Empfindungskraft ein Faktor für ihre erhaltenden oder generativen Handlungen wurde. Welchen Bedarf gibt es dann an Empfindungsvermögen in der weiteren Entwicklung? Das Argument von Herrn Spencer ist gut, denn vorausgesetzt, dass Vergnügen und Schmerz mit lebenserhaltenden bzw. lebensvermindernden Handlungen einhergehen, wirkt sich das Erreichen des einen und das Vermeiden des anderen auf die Steigerung des Lebens aus; aber er sagt, dass das Leben vor dem Aufkommen der Empfindungsfähigkeit auf ziemlich die gleiche Weise aufrechterhalten wurde. Es besteht jedoch der Unterschied, dass solche Organismen nur dann weiter existierten, wenn die erforderlichen Handlungen in gegenwärtigen Lebewesen ausgeführt oder vermieden wurden, und dass diese Handlungen nicht bewusst ausgeführt wurden, sondern nur im Verlauf der physischen Abfolge stattfanden; wohingegen bei fühlenden Lebewesen bewusst nach Vergnügen gesucht wird und Schmerz absichtlich vermieden wird. Aber es scheint uns, dass wir, wenn Handlungen durch die Vorwegnahme von Vergnügen oder Schmerz bestimmt werden, in den Bereich der Psychologie eintreten, und wenn sie durch physikalische Faktoren ohne Bewusstsein bestimmt werden, bleiben wir im Bereich der Physik, so dass es kein Zwischenprodukt gibt Wissenschaft der Biologie überhaupt. Und damit meinen wir nicht, dass wir der Einfachheit halber unsere Unterrichtsstunden nicht so einteilen könnten, sondern dass es keine Gesetze der Physik gibt, die die Entwicklung von Organismen erklären könnten, und dass es keine biologischen Prozesse gibt, die nicht die Wirkung von Organismen implizieren ein subjektiver Faktor; und dass es kein wahres biologisches Gesetz gibt, das die Korrelation der beiden richtig zum Ausdruck bringt. Mr. Spencer beginnt mit einer Biologie, in der das Subjektive völlig fehlt, und endet mit einer Psychologie der höchsten Klasse: Aber er versäumt es, das biologische Gesetz auszudrücken, das das Wachstum des einen aus dem anderen erklärt, oder das Gesetz auszudrücken ihrer Korrelation in einem damit einhergehenden Wachstum.

Wie können wir dann durch das Studium der Biologie zu einer ethischen Regel gelangen? Auf diese Weise. Ein Organismus ist ein sich bewegendes Gleichgewicht: Es ist ein Gesetz der sich bewegenden Gleichgewichte, dass sie durch neue Anpassungen antagonistische Kräfte in der Umgebung ausgleichen und Kräfte aus der Umgebung absorbieren, die für ihren Fortbestand günstig sind. Ihr Fortbestand hängt von einer solchen kontinuierlichen Aufnahme und Anpassung ab. Aber wenn die Umgebung variiert, verändern sich auch die Anpassungen; und somit gibt es eine wunderbare Vielfalt verschiedener beweglicher Gleichgewichte, die wichtige Teile der Umwelt des anderen bilden. Die auf diese Weise entwickelten geeigneten Strukturen und Funktionen beziehen sich daher auf die Umgebung, und die ererbten Strukturen und Funktionen, die ein bewegliches Gleichgewicht bilden, sind für bestimmte Umgebungen und keine andere geeignet. Es gibt kein absolutes Bewegungsgleichgewicht; alle sind relativ. „Was als bewegliches Gleichgewicht definiert wurde, definieren wir biologisch als ein Gleichgewicht von Funktionen. Die Implikation eines solchen Gleichgewichts besteht darin, dass die verschiedenen Funktionen in ihren Arten, Mengen und Kombinationen an die verschiedenen Aktivitäten angepasst werden, die die Vollständigkeit aufrechterhalten und ausmachen." Leben; und so angepasst zu sein bedeutet, das Ziel erreicht zu haben, auf das die Entwicklung des Verhaltens ständig zusteuert. Vollständigkeit des Lebens bedeutet jedoch in erster Linie die Vollständigkeit des Lebens in jedem einzelnen Organismus hinsichtlich seines Fortbestands und die vollständige Erfüllung aller seiner Funktionen während der Zeit seines Bestehens. Das biologisch Gute ist alles, was diesem Ziel dient, und das biologisch Schlechte ist alles, was es beeinträchtigt. Das biologisch Gute und das Böse beziehen sich daher auf den Konsens der Funktionen, die ein Tier oder einen anderen Organismus ausmachen. Das biologisch Gute und das Böse sind also individuell. Das, was gut für den Einzelnen ist, ist das richtige Verhalten, und das, was schlecht für ihn ist, ist falsches Verhalten. Deshalb ist es richtig, dass die großen Fische die kleinen fressen und dass der Vogel das Insekt jagt; Es ist eine angemessene Befriedigung für die Funktionen des Löwen, die Antilope zu verschlingen, für einen Stamm, einen anderen Stamm zu töten oder zu vertreiben, um fruchtbarere Ebenen und reizvollere Länder zu besitzen. Und solange die Funktionen sich am Egoismus erfreuen und es keine Gegenkraft der Sympathie zwischen ihnen gibt, ist es richtig, andere zu tyrannisieren, sie dem Dienst oder den Leidenschaften der herrschenden Organismen zu unterwerfen. Sie gehorchen dem biologischen Gesetz – sie fördern das vollständige relative Leben. Das biologische Gesetz erkennt das Leben anderer erst an, wenn Mitgefühl Teil der Funktionen des Organismus geworden ist.

Hier stellt sich die Frage, inwieweit das ethische Gesetz durch das biologische Gesetz bestimmt werden soll, denn wenn das biologische Gesetz vorherrscht und das ethische davon abhängt, kann das letztere nur durch das erstere erklärt und gerechtfertigt werden. Aber wir sehen sofort, dass die beiden Dinge nicht identisch sind und sich nicht parallel erstrecken. Wir erkennen den Unterschied zwischen dem biologisch Effizienten und dem ethisch Guten und Schlechten. Das Gesetz der Biologie bezieht sich auf die Handlungen jedes Individuums allein in Bezug auf sich selbst, unabhängig von den Funktionen usw., die dieses Selbst ausmachen. Es bezieht sich ausschließlich auf sein Wohl, unabhängig vom Wohl anderer, es sei denn und bis die Sympathie mit anderen Teil der Funktionen des Einzelnen geworden ist.

Aber Herr Spencer versucht, die biologische Sichtweise des Verhaltens mit der ethischen identisch zu machen, indem er das Konzept des quantitativen Lebens einführt. In diesem Fall hat ein Organismus umso mehr Leben, je mehr Korrespondenzen er mit der Umwelt hat. Und da die Umwelt aus zwei Klassen von Objekten besteht, der objektiven und der subjektiven – der rein physischen und der fühlenden Organismen –, sind die im Individuum hergestellten Entsprechungen zweier Art, der psychologischen und der emotionalen. Zur ersteren Klasse gehören alle Objekte und Beziehungen der anorganischen Welt, die großen Gesetze und Feinheiten der Natur und ihrer Vergangenheit, einschließlich der Geschichte der Organismen und des Menschen. Zu letzteren gehören alle Gefühle, alle Lebewesen um uns herum mit ihren Freuden, Hoffnungen und Schmerzen und alle Charaktere, edel und schön, zart oder brutal, leidenschaftlich oder ehrgeizig, die jemals die Bühne der Geschichte betreten haben, oder in früheren Zeiten für uns erarbeitet oder gedacht. Tatsächlich haben all die geduldige Arbeit und die gewaltigen Errungenschaften der Wissenschaft sowie alle emotionalen Beziehungen der Menschen Raum für die quantitative Vermehrung des Lebens geschaffen; und im Verhältnis zur Zunahme wird angenommen, dass das Leben ethisch wurde. Das biologische Gesetz ist die kontinuierliche Anpassung von Organismen an die Umwelt, und die Zunahme der Anpassung ist die Zunahme des Lebens.

Das mag sein; aber es ist eine Leugnung der Ethik als gleichwertig mit der Biologie; es macht das eine einfach zu einem späten Ergebnis des anderen. Nach dieser Auffassung ist Ethik etwas, das in den Prozess eingedrungen ist und einer gesonderten Analyse bedarf. Aber wir haben gesehen, dass die Zunahme der Korrespondenz zweierlei Art ist: Sie findet in Richtung des Intellekts statt, und sie findet in Richtung der Emotionen statt, sei es Sympathie oder Antipathie. Aber die Ethik beschäftigt sich allein mit der letztgenannten Klasse von Phänomenen. Das gesteigerte quantitative Leben, das mit der Zunahme des Wissens identisch ist, hat keinen ethischen Aspekt. Es sind nur verstärkte Beziehungen emotionaler Natur, die diesen Begriff zulassen. Tatsächlich ist es nur auf gesellschaftliche Beziehungen anwendbar. Die Steigerung des Lebens kann in Richtung des Intellekts oder der Erkenntnis der Tatsachen und Beziehungen der Außenwelt erfolgen, und doch darf das Leben niemals als ethisch bezeichnet werden; während auf der anderen Seite vielleicht nur eine geringe Steigerung des Intellekts, aber eine große Steigerung der ethischen Beziehungen zu verzeichnen ist. Daher scheitert die Steigerung des quantitativen Lebens, die als eine Möglichkeit betrachtet wird, das biologische Gesetz mit dem ethischen Gesetz zu identifizieren, außer zum Verständnis in einer größeren Klassifikation, letztendlich, weil es nicht wahr ist, dass die Zunahme der Entsprechungen in die spezielle Richtung erfolgen muss der Zunahme emotionaler Korrespondenzen: und so stellen wir fest, dass Ethik nicht mit der Hauptlinie des biologischen Fortschritts in Verbindung gebracht werden sollte, sondern mit einem unterscheidbaren Ergebnis davon – nämlich der Beziehung des Individuums zu seiner subjektiven Umwelt, nämlich der Gesellschaft .

Und hier ist es angebracht, dass wir Herrn Spencers Bericht über gutes und schlechtes Verhalten zur Kenntnis nehmen, der in Kapitel 3 der „Data of Ethics" enthalten ist. Ein gutes Messer, eine gute Waffe oder ein gutes Haus sind solche aufgrund ihrer Fähigkeit, die Zwecke zu erfüllen, für die sie entworfen wurden. Ein guter Tag oder eine gute Jahreszeit erfüllen bestimmte unserer Wünsche. Ein guter Vorsteher oder ein guter Ochse beziehen sich auf bestimmte unserer Anforderungen. Ein guter Sprung oder ein guter Schlag beim Billard erreichen die gewünschten Ziele. Und schlechte Dinge sind diejenigen, die nicht den gewünschten Zwecken dienen.

Anschließend untersucht Herr Spencer das ethisch Gute und das Schlechte und erörtert die Anwendung dieser Begriffe auf Handlungen im Hinblick auf das Wohlergehen seiner selbst, seiner Nachkommen und seiner Mitbürger. Man sagt, dass Handlungen gut und schlecht sind, je nachdem, wie sie sich auf das eigene Wohlergehen auswirken. Dabei wird darauf hingewiesen, dass Handlungen nach dem Grad ihrer biologischen Wirksamkeit beurteilt werden. In der nächsten Klasse – nämlich den Handlungen im Zusammenhang mit der Nachkommenschaft – werden Vater und Mutter erneut nach ihrer Leistungsfähigkeit in diesen Fähigkeiten beurteilt, obwohl das egoistische Element in untergeordnetem Maße vorhanden ist. „Am nachdrücklichsten sind jedoch die Anwendungen der Worte „gut" und „schlecht" für das Verhalten in diesem dritten Abschnitt, der die Taten umfasst, mit denen Menschen sich gegenseitig beeinflussen. Bei der Aufrechterhaltung ihres eigenen Lebens" (biologische Gesetze) „und der Förderung ihrer Nachkommen, der Männer." Anpassungen von Handlungen an Zwecke sind so geeignet, die entsprechenden Anpassungen anderer Menschen zu behindern, dass das Beharren auf den notwendigen Beschränkungen fortwährend sein muss; und der Unfug, der dadurch verursacht wird, dass Menschen sich gegenseitig in ihre lebenswichtigen Handlungen einmischen, ist so groß, dass die Verbote dies getan haben zwingend sein.

Die allgemeine Bedeutung von „gut" und „schlecht" in Bezug auf Handlungen bezieht sich also auf deren Effizienz. Die Unterschiede in ihrer Bedeutung sind auf den betrachteten Zweck zurückzuführen. Die Bedeutungen harmonieren jedoch, wenn wir bedenken, dass sie in unterschiedlichem Maße in der Entwicklung des Verhaltens anwendbar sind; Das Verhalten, auf das wir den Namen „gut" anwenden, ist das relativ weiter entwickelte Verhalten, und „schlecht" ist der Name, den wir Verhalten geben, das relativ weniger entwickelt ist. Dies beinhaltet einen Verweis auf die drei Stufen der biologischen Evolution, das Individuum, die Nachkommen, und Gesellschaft."

„Schließlich folgerten wir, dass die Errichtung eines assoziierten Staates eine Verhaltensform sowohl ermöglicht als auch erfordert, so dass das Leben in jedem und in seinen Nachkommen vervollständigt werden kann, nicht nur ohne die Vervollständigung bei anderen zu verhindern, sondern auch mit seiner Förderung andere; und wir haben herausgefunden, dass dies die Verhaltensform ist, die am deutlichsten als gut bezeichnet wird." [11] Daraus schließt Herr Spencer auf die gleichzeitige Errungenschaft der größten Gesamtheit des Lebens im Selbst, und dies soll die Zugehörigkeit der Ethik zur Biologie rechtfertigen.

Wir haben jedoch bereits gezeigt, dass die Erweiterung der Beziehungen zwischen dem Individuum und der subjektiven Umwelt die besondere ethische Beziehung ist, und dass die Erweiterung der Beziehungen zwischen dem Individuum und der objektiven Umwelt nichtethisch ist, wodurch die ethische Interpretation spezialisiert wird der Erweiterung der biologischen Beziehungen. Wir müssen auch beachten, dass sich Mr. Spencers Verbindung der Biologie mit der Ethik auf eine ferne ideale Zukunft bezieht und nicht auf eine tatsächliche Gegenwart oder eine historische Vergangenheit. Das biologische Gesetz ist die Anpassung des Individuums an seine eigene besondere Umgebung und nicht die Anpassung seines entfernten und veränderten Nachkommen an seine entfernte und veränderte Umgebung. Je nach der Fähigkeit des Individuums, sich mit Nahrungsmitteln pflanzlicher oder tierischer Art zu versorgen, und nach seinen Fähigkeiten zur Selbsterhaltung oder Verteidigung, wird es als biologisch vollkommen angesehen. Dies ist ein relativer, individueller Maßstab, ohne Bezug zur subjektiven Umgebung, es sei denn, diese subjektive Umgebung erfüllt eine innere Funktion der Sympathie. Aber auch in diesem Fall ist die ethische Beziehung der biologischen untergeordnet und bezieht sich auf das tatsächliche Individuum und nicht auf einen zukünftigen idealen Nachkommen. Darüber hinaus ist der biologische Standard immer individuell und einzigartig und nicht gesellschaftlich.

Wir kommen daher zu dem Schluss, dass die biologische Sichtweise uns keine ethische Theorie liefert. Das biologische Gesetz ist keine individuelle Vollständigkeit; es ist die individuelle Eignung für die Umgebung. Es ist wahr, dass individuelle Größe das vollständigste Leben sein kann; Wenn dies jedoch aufgrund der Natur des ererbten Organismus oder der Natur der Umgebung nicht möglich ist, dann ist die Anpassung an die Umgebung das eigentlich Beste, weil relativ Beste. Der Mensch, der die Umgebung nicht an sich anpassen kann, wird sich mit Bedacht an die Umgebung anpassen. Das ist das biologische Gesetz; Ob es das ethische Gesetz ist, ist eine andere Frage. Abstraktes quantitatives Leben ist möglicherweise weder intellektuell noch in Bezug auf die emotionale Umgebung erreichbar. Daher ist die geschicktere Anpassung unter Berücksichtigung der besonderen Funktionen der Organismen (ob sie Sympathien mit der subjektiven Umgebung einschließen oder nicht) das biologische Gesetz – obwohl es nicht als ethisches Gesetz angesehen werden darf.

Unter quantitativem Leben, biologisch, *also* individuell betrachtet, versteht man nicht ein ideales quantitatives Leben, sondern das Maximum, das ein einzelner Organismus erreichen kann. Dies hängt von der Natur und den Fähigkeiten des Organismus sowie von der Beschaffenheit der Umwelt ab. Dass einige Nachkommen eines Tages eine andere Natur und eine andere Umgebung haben könnten, ist nicht der Punkt. Das Vorhandensein subjektiver Umgebungen in der Umwelt wirkt sich auf das Individuum entsprechend der Art seiner eigenen Gefühle aus: Es betrifft es erstens entsprechend seinem Besitz oder Nichtbesitz von Sympathie und zweitens entsprechend seiner Befehls- oder Führungsposition Unterwürfigkeit.

Wenn die Biologie die Ethik zur Kenntnis nimmt, dann nur aus aufsichtsrechtlicher Sicht. Es bedeutet eine Anerkennung der Strafen von Rechtsverordnungen oder Sozialgesetzen. Es berücksichtigt kalkulatorisch die Konsequenzen von Handlungen und variiert entsprechend das Verhalten.

Und wenn wir nicht in der Lage sind, die biologische Sichtweise als identisch mit den Grundlagen der Ethik zu akzeptieren, können wir auch nicht das Korrelat akzeptieren, dass das Überwiegen angenehmer Gefühle ein Hinweis auf ein ethisch korrektes Leben ist. Denn dieses Kriterium ist wiederum auf den Einzelnen bezogen und schreibt das Verhalten vor, das ihm am meisten Freude bereitet. Es ist nur dann ethisch, wenn die umgebenden Bedingungen so sind, dass das persönlich Angenehme mit dem harmoniert, was auch für die subjektive Umgebung angenehm ist – was wiederum den externen oder sozialen Ursprung und die Autorität des ethischen Imperativs zeigt.

Bevor wir dieses Thema verlassen, sollten wir auch die enge Beschränkung beachten, die der Beziehung von Gefühl und Funktion im Kapitel über die biologische Sichtweise zugewiesen wird. Freude wird dort als Korrelat lebenserhaltender Handlungen und Schmerz als Korrelat lebenszerstörerischer Handlungen beschrieben; und uns wird gesagt, dass sich allein unter diesen Bedingungen empfindungsfähige Lebewesen entwickeln könnten. Dies würde offenbar den Bereich der Gefühlsentwicklung auf diejenigen Arten von Handlungen beschränken, die für den bloßen Fortbestand der Existenz wesentlich sind. Wenn das Wachstum der Gefühle mit dem Wachstum existenzieller Handlungen einhergeht, dann sollten Vergnügen und Schmerz auf die Gefühle beschränkt sein, die mit der Nahrungsversorgung, der Flucht vor Feinden, der Jagd nach Beute usw. verbunden sind. Wenn dazu noch die umfassendere, aber noch ungeklärte Sichtweise der Biologie hinzukommt, die das Individuum nur zu einem Teil eines größeren, sich bewegenden Gleichgewichts macht – nämlich der Art, zu der es gehört –, dann wird es eine Erweiterung des Gefühls geben (d. h , von Vergnügen und Schmerz) zu den Handlungen, die für die Fortpflanzung der Rasse und die Pflege der Nachkommenschaft erforderlich sind. Aber menschliche Freuden und Leiden sind nicht auf diese beiden Funktionsklassen beschränkt. Über das hinaus, was man das wesentliche Wachstum des Gefühls nennen könnte, gab es ein Superwachstum des Gefühls, das mit jeder Erweiterung der Entsprechungen zwischen den inneren Beziehungen und den äußeren Beziehungen einherging. In der Wechselwirkung des Organismus mit seiner Umwelt ist eine enorme Erweiterung des Wissens über äußere Tatsachen entstanden; und bei der Klassifizierung und Begründung dieser Punkte ist ein großes Interesse entstanden, das ganz unabhängig von lebenserhaltenden Notwendigkeiten ein Vergnügen war. So ist in den Künsten des Lebens eine Freude an der Ausübung von Einfallsreichtum und handwerklichem Geschick entstanden, die weit über die Erfordernisse der körperlichen Erhaltung hinausgeht. In der Verbreitung des Ästhetizismus und der Wertschätzung des Schönen in der Malerei, Bildhauerei, Architektur und Dekoration im Allgemeinen hat sich ein Maß an Geschmack oder Gefühl manifestiert, das völlig über jeden Wert hinausgeht, den es als „lebenserhaltend“ haben mag. Poesie, Musik,

Literatur und alle anderen höchsten Manifestationen der Zivilisation sind nicht das Ergebnis der Notwendigkeiten der Existenz, sondern ein Werk, das den dürftigen und bloßen Anpassungen auferlegt wird, die für die einfache Existenz ausreichen. Dasselbe kann man von all den feinen Sympathien des Menschen für den Menschen, des Menschen für die edlen Ideale der Menschheit und sogar von der heimeligeren Liebe und dem guten Gefühl einfacher Naturen sagen. Unsere Freundschaften, unsere Bewunderung, alles, was den Menschen zu etwas macht, das über die bloßen Tiere hinausgeht, ist auf dieses größere Gefühlswachstum zurückzuführen, das über das hinausgeht, was für den bloßen Fortbestand des Lebens wesentlich ist – und wenn wir Vergnügen und Schmerz lediglich mit den Bedingungen gleichsetzen sollten Wenn wir lebenserhaltende und lebenszerstörerische Handlungen unterscheiden, sollten wir uns eine sehr unzureichende Vorstellung von deren Stellung im menschlichen Leben machen. Dies geschieht natürlich auf der Grundlage des Verständnisses, dass das biologische Gesetz nur den Fortbestand des Selbst oder der Rasse impliziert. Dass dies die ursprüngliche Ansicht von Herrn Spencer ist, geht aus der Tatsache hervor, dass er das Leben theoretisch aus der Betrachtung der Gesetze des sich bewegenden Gleichgewichts ableitet. Aber wenn wir die umfassendere Sichtweise vertreten (die sich jedoch nicht aus der ersteren ableiten lässt), dass das Leben eine Entsprechung zwischen inneren Beziehungen und äußeren Beziehungen ist und quantitativ an der Zunahme der Anzahl der Entsprechungen gemessen werden muss, dann natürlich die gesamte Einschätzung von Freuden und Schmerzen verändert sich.

Nach der letzteren Auffassung tritt der Organismus in Korrespondenz mit allen einzelnen Objekten der Umwelt und hat nicht nur eine gegenwärtige Bedeutung, sondern auch ein vergangenes und zukünftiges Interesse. Der Umfang des Interesses an größeren Köpfen umfasst lange geschichtliche Linien, die über die verschiedenen Entwicklungsepochen hinweg führen. In engeren Maßstäben familiärer oder lokaler Interessen hat das soziale Gefühl zunächst zugenommen, doch wenn sich das Gefüge von Stämmen oder Nationen zusammenfügt, erlangen die sozialen Gefühle ein umfassenderes Interesse. Die rein biologischen Interessen wurden durch ein inneres Wachstum erweitert, um Rücksicht auf andere fühlende Existenzen zu nehmen. Altruismus wird ein Teil des Egoismus. Wir kümmern uns nicht aus Zwang um andere, sondern aus natürlichem wachsendem Interesse heraus. Auf die Ursachen und Vorkommnisse dieses Wachstums muss nicht näher eingegangen werden. Es ist eine einfache Tatsache der menschlichen Natur, dass die Schmerzen und Freuden anderer uns stark und manchmal sogar sehr stark beeinflussen.

Somit stellen wir fest, dass das rein biologische Gesetz, das als Anpassung eines sich bewegenden Gleichgewichts an seine Umgebung betrachtet wird und aus dem physikalischen Bewegungsgleichgewicht des Sonnensystems, des Kreisels, der Dampfmaschine usw. abgeleitet und darin veranschaulicht wird, uns keine Möglichkeiten bietet viel Einblick in die ethische Theorie, auch wenn die Äquilibrierungen eine Gefühlsbegleitung haben. Bei jedem Ansatz vom rein Biologischen zum Ethischen sind wir für unsere Erklärungen auf effiziente subjektive Faktoren angewiesen – auf die Interaktion von fühlenden Organismen und sympathischen Organismen.

Wenn wir versuchen, das biologische Gesetz als Erklärung für das Überwachstum von Korrespondenzen über die tatsächlichen Notwendigkeiten des Fortbestehens hinaus und als Erklärung für das Wachstum von Sympathie oder Altruismus anzuwenden, müssen wir annehmen, dass die äußeren Kräfte erzeugt wurden im Organismus innere Kräfte, die im Gegensatz dazu oder im Gleichgewicht dazu stehen. Aber diese Theorie des sich bewegenden Gleichgewichts, die in ihren einfachsten Anwendungen schwer zu verstehen und zu akzeptieren ist, überschreitet alle Möglichkeiten des menschlichen Verständnisses, wenn sie versucht, sich mit den subjektiven Beziehungen von Organismen zu befassen, und scheint uns völlig außerstande, das Wachstum zu erklären aus Mitgefühl oder altruistischem Gefühl.

ALTRUISMUS IM EGOISMUS.

Die Tatsache der Existenz altruistischer Gefühle im Gefüge des Ego hat zu der Theorie geführt, dass alle altruistischen Handlungen, da sie aus der Konstitution des Ego entstehen, in Wirklichkeit egoistisch sind. Dieses Argument ist unwiderstehlich. Ein freundlicher, mitfühlender Mann oder eine freundliche, sympathische Frau ist dies aufgrund angeborener Eigenschaften, genau wie der egoistische oder brutale Mann. Und wenn die Rechtfertigung von Handlungen von der Autorität des natürlichen Egoismus abhängen würde, wäre das eine ebenso rechtfertigungsfähig wie das andere. Wenn die Erklärung und Rechtfertigung der Ethik auf der Biologie beruht, dann ist, da die Sichtweise der Biologie auf das Individuum beschränkt ist und die geeignete Anpassung jedes sich bewegenden Gleichgewichts an seine besondere Umgebung bedeutet, jede von ihnen zu gleicher Rechtfertigung und ähnlicher Erklärung fähig. Egoismus kann Altruismus einschließen oder auch nicht, aber in beiden Fällen ist die Handlung aus biologischer Sicht gleichermaßen gültig.

Wenn jedoch eine Erweiterung dieser Sichtweise auf der Theorie argumentiert wird, dass eine rationalistische Sicht auf alle Anforderungen der subjektiven Umgebung eine bestimmte Verhaltensweise erfordert, um eine geeignete Anpassung zwischen dem Organismus und der Umwelt sicherzustellen, dann soll dies der Fall sein Die Gleichung dieses Organismus, die derzeit beste Anpassung, wird ein überlegener, weil umfassenderer, biologischer Aspekt des Verhaltens sein, und es ist unbestritten, dass eine solche Sicht des Lebens mehr oder weniger umgesetzt werden kann.

Aber weder die ego-altruistische Sichtweise noch die klug rationalistische Sichtweise gelangen zum wahren ethischen Gesichtspunkt des menschlichen Verhaltens; denn das altruistische Wachstum im Ego ist weder universell noch von gleicher Entwicklung; und das kluge rationalistische Motiv ist rein egoistisch und biologisch und daher dem altruistischen entgegengesetzt, selbst wenn es im Ego existiert.

Das Hauptziel der vorliegenden Argumentation besteht darin, zu zeigen, dass die rein biologische Erklärung ethischer Gebote nicht ausreicht, um ihren zwingenden Charakter zu verstehen. Und doch ist es schwierig, dies zu sagen, wenn man die Biologie als das Gesetz des Handelns von Organismen betrachten soll. Es hängt alles von den Faktoren ab, die in die Verallgemeinerung einbezogen werden. Wenn es sich lediglich um physikalische Faktoren handelt, reicht die Verallgemeinerung nicht aus; Wenn zu den im sich bewegenden Gleichgewicht enthaltenen Kräften auch subjektive Kräfte gehören, die sich zu Sympathie oder Altruismus entwickeln können, dann erfahren die biologischen Gesetze möglicherweise eine Erweiterung, die sie in die Lage versetzt, das Ganze der Phänomene zu bestimmen. Aber wenn Vergnügen und Schmerz auf lebenserhaltende oder lebenszerstörende Handlungen beschränkt sind, dann ist der Einfluss der subjektiven Faktoren auf das Physische und das Überwachstum der Korrespondenzen von Innen und Außen beschränkt (was notwendig ist, um das Größere zu erklären). Gefühlswachstum) überschreitet die engen Grenzen des biologischen Gesetzes – des Gesetzes des einfachen Gleichgewichts zwischen dem Organismus und seiner Umwelt.

Nun ist es angebracht, die Frage aufzuwerfen, was der Gegenstand ethischer Untersuchungen ist. Ist es lediglich eine wissenschaftliche Bestimmung des Ursprungs, der Entwicklung und der Variationen ethischer Meinungen? Ist es eine natürliche Geschichte menschlichen Verhaltens, insbesondere des Teils davon, der als ethisch bezeichnet wird? Handelt es sich um eine Untersuchung der natürlichen Autorität ethischer Gebote? Ist das Ziel, ethische Autorität zu etablieren oder zu zeigen, dass Ethik keine Autorität hat, oder soll es uns ermöglichen, uns ihr anzupassen und sie intelligent zu verwalten? Handelt es sich im Allgemeinen um eine wissenschaftliche Untersuchung zur Information unseres Geistes oder dient sie der Durchsetzung ethischer Gebote?

Es ist davon auszugehen, dass wir beide Ziele im Blick haben. Wissen muss der Macht vorausgehen. Licht muss vor Schritten gehen. Zumindest muss es so sein, wenn der Intellekt herrschen soll. Tatsächlich war Ethik weniger ein durchdachtes Verhaltenssystem als vielmehr ein ausgearbeitetes System, über das später nachgedacht werden sollte. Moral ist das Gleichgewicht, das Wachstum und das Gegengewicht zwischen subjektiven und sympathischen Individuen. Dann wurde es zu etwas, worüber man nachdenken musste, um die Anwendung der Prinzipien, aus denen es entstand, auf entferntere Zwecke und größere Körperschaften durch Vernunft zu modifizieren. Aber die Aufgabe der Vernunft besteht nicht darin, diese Prinzipien zu verdrängen oder ihre Autorität zu schwächen, was sie in der Tat nicht tun könnte, denn die Kräfte, die die Moral hervorgebracht haben, sind immer vorhanden, um sie aufrechtzuerhalten, und gewinnen tatsächlich von Zeitalter zu Zeitalter zunehmende Kraft.

FUSSNOTEN:

[9] Data of Ethics, S. 78.

[10] Ebd., S. 78.

[11] Ebd., S. 25.

KAPITEL IV.
DIE SOZIOLOGISCHE SICHT.

Wir beginnen nun mit dem eigentlichen Studium der Ethik. Ungeachtet des Versuchs von Herrn Spencer zu Beginn des Kapitels, „richtiges Leben" mit dem universellen biologischen Prinzip zu identifizieren, dass „es für jede Art von Lebewesen angesichts seiner Umgebung und seiner Struktur eine Reihe von Handlungen gibt, die in ihrer Art, Menge, und Kombinationen, um den größtmöglichen Schutz zu gewährleisten, den seine Natur zulässt", bleibt die Tatsache bestehen, dass der ethische Imperativ aus der sozialen Umgebung abgeleitet wird und nicht aus der Anpassung an die Umwelt abgeleitet werden kann, es sei denn, die Umwelt ist subjektiver Natur und erfordert eine Anpassung an sie als solche. Herr Spencer ist der Ansicht, dass „es eine mögliche Formel für die Aktivität jeder Art gibt, die, wenn man sie ausarbeiten könnte, ein Moralsystem für diese Art darstellen würde", obwohl „ein solches Moralsystem kaum oder gar keinen Bezug hätte." zum Wohl anderer als sich selbst und den Nachkommen." Wir können nicht zugeben, dass die Formel der Aktivitäten eines Wurms, durch die er seine Existenz aufrechterhält, eine Formel der Moral ist; Wir können auch nicht zugeben, dass die langlebigste Auster die moralischste aller Austern ist. Moralische Systeme, die sich nur auf das Wohlergehen des eigenen Selbst und der Nachkommenschaft beziehen, sind in letzterem Fall zugegebenermaßen von sehr begrenztem Charakter, und wenn wir uns völlig auf uns selbst beschränken, scheint es, als würden wir jegliche ethische Qualität verlieren. Wir finden in Mr. Spencers Ausführungen immer wieder, dass, ungeachtet seines Versuchs, die Ethik mit dem biologischen Gesetz zu verknüpfen, die Ethik nur in der zunehmenden Korrelation subjektiver Individuen entsteht, und dass es sich lediglich um die Modifikation des Individuums durch die Gesellschaft und das Mentale handelt oder emotionales Wachstum im Individuum als Folge der Wirkung des sozialen Umfelds, das die Grundlage der Ethik bildet.

Es ist wahr, dass, da die Gesellschaft aus Individuen besteht, die Natur und Konstitution der Einheiten in ihrer gegenseitigen Interaktion berücksichtigt werden muss und daher die Studie eine biologische Grundlage haben muss; aber wenn wir die besondere Wirkung der Verbindung berücksichtigen müssen Wenn man die soziale Umgebung auf das Individuum auswirkt, kann die Studie weder von der rein biologischen Seite aus betrachtet werden, noch ist sie in die Formel des individuellen Lebens einzuordnen. In Bezug auf das soziale Umfeld sagt Herr Spencer: „Dieser zusätzliche Faktor im Problem des vollständigen Lebens ist in der Tat so wichtig, dass die erforderlichen Verhaltensänderungen einen Hauptbestandteil des Verhaltenskodex bilden. Denn das Vererbte." Da Wünsche, die sich direkt auf die Aufrechterhaltung des individuellen Lebens beziehen, den Erfordernissen angemessen angepasst sind, besteht keine Notwendigkeit, auf der Konformität mit ihnen zu bestehen, die der Selbsterhaltung dient. Umgekehrt, weil diese Wünsche Aktivitäten veranlassen, die oft im Widerspruch zu den Aktivitäten stehen von anderen, und weil die Gefühle, die auf die Ansprüche anderer reagieren, relativ schwach sind, betonen Moralkodizes jene Verhaltensbeschränkungen, die die Anwesenheit von Mitmenschen mit sich bringt. Aus soziologischer Sicht ist Ethik also nichts anderes als eine eindeutige Darstellung der Formen Verhaltensweisen, die auf den jeweiligen Staat abgestimmt sind, so dass das Leben eines jeden Einzelnen in gleicher Länge und Breite das größtmögliche sein kann. Aber hier stoßen wir auf eine Tatsache, die es uns verbietet, das Wohl der einzelnen Bürger in den Vordergrund zu stellen, und die von uns verlangt, das Wohl der Gesellschaft als Ganzes in den Vordergrund zu stellen. Das Leben des sozialen Organismus muss als Zweck über dem Leben seiner Einheiten stehen. Diese beiden Ziele sind von Anfang an nicht harmonisch, und obwohl die Tendenz zur Harmonisierung besteht, stehen sie immer noch teilweise im Widerspruch." [12]

Die angesprochene Schwierigkeit ergibt sich aus der Tatsache, dass die menschliche Gesellschaft kein wohlgeordnetes Ganzes ist, sondern von Anfang an in zahlreiche Nationen mit widersprüchlichen Interessen gespalten war und ist. Daraus folgt, dass es keine vollständige Homogenität gibt Pflicht zwischen Mensch und Mensch, wenn beispielsweise ein Kriegszustand herrscht.

Wenn wir nun die Ethik als die Lebensregel anerkennen, die die Gesellschaft dem Einzelnen auferlegt, müssen wir große Vielfalt von Regeln erkennen, je nach der Natur und den Zielen der jeweiligen Gesellschaft, die die Regel auferlegt, und je nach dem Entwicklungsstand, in dem sie sich befindet Die Gesellschaft ist angekommen, und zwar entsprechend der Natur der Umwelt.

Die Herrschaft eines Vereins über die Personen, aus denen er besteht, die Herrschaft einer Kirche über ihre Mitglieder, die Herrschaft einer Körperschaft über ihre konstituierenden Einheiten basiert auf dem ethischen Prinzip, wie unbedeutend oder ernst die Ziele der jeweiligen Vereinigung auch sein mögen Sei. Jene geringfügigen oder wichtigen gesellschaftlichen Strafen oder Belobigungen, die den Alltag im Geschäftsleben, in der Werkstatt, im gesellschaftlichen Verkehr prägen – die vertrauten Urteile von Weggefährten oder Zeitgenossen – sind allesamt ethische Wertungen des Verhaltens. So unbedeutend einige von ihnen auch sein mögen, sie sind dennoch die Durchsetzung gesellschaftlicher Meinungen. Der Mensch ist von allen Seiten durch Kräfte eingegrenzt, die sein Handeln auf bestimmte

Verhaltensweisen beschränken, und dieser soziale Druck ist ebenso die Grundlage der strengsten ethischen Gebote oder Verbote wie auch der vergänglichsten Einflüsse. Der einzige Unterschied besteht in der Bedeutung der Art und Weise, wie sich die verschiedenen Handlungen auf das Allgemeinwohl auswirken. Aber darauf werden wir im Folgenden ausführlicher eingehen. Es kommt jedoch immer darauf an, inwieweit es sich mehr oder weniger auf das Wohlergehen der vorübergehenden Organisation, das Wohlergehen der Familie oder das Wohlergehen der ständigen Gemeinschaft auswirkt, zu der der Einzelne gehört.

Aber es ist offensichtlich, dass es je nach Entwicklungsstadium und je unterschiedlicher Nationen in ihrer Umgebung auch unterschiedliche Verhaltensstandards zu unterschiedlichen Zeiten und an unterschiedlichen Orten geben wird. Und deshalb wird es wiederum unterschiedliche Moralstandards für unterschiedliche Zwecke geben. Dies muss sofort zur Kenntnis genommen werden.

Daher stellen sich die Fragen: Was kann die Verpflichtung einer relativen Moral sein? und – Gibt es keine absolute Moral mit ihren räumlich und zeitlich universellen Imperativen?

Die Frage nach der absoluten Moral behalten wir uns vor; inzwischen beschränken wir unsere Betrachtungen auf die Untersuchung des Einflusses der Gesellschaft auf den Einzelnen. Dies geht aus einer Studie der Soziologie hervor.

Das Zusammenleben in einem Sozialstaat erfordert bestimmte negative und letztlich auch positive Pflichten.

„Ob die Mitglieder einer sozialen Gruppe kooperieren oder nicht, sind durch ihre Verbindung bestimmte Einschränkungen ihrer individuellen Aktivitäten erforderlich; und nachdem wir erkannt haben, dass diese aus der Abwesenheit von Kooperation resultieren, werden wir besser auf das Verständnis vorbereitet sein." wie die Konformität mit ihnen erfolgt, wenn die Zusammenarbeit beginnt. [13]

„Welche Form müssen dann die gegenseitigen Beschränkungen annehmen, wenn die Zusammenarbeit beginnt? Oder besser gesagt, welche sekundären gegenseitigen Beschränkungen sind zusätzlich zu den bereits genannten primären gegenseitigen Beschränkungen erforderlich, um eine Zusammenarbeit zu ermöglichen? * * * * Die Die Antwort wird klarer, wenn wir die aufeinanderfolgenden Formen der Zusammenarbeit in der Reihenfolge aufsteigender Komplexität betrachten. Wir können als homogene Zusammenarbeit (1) diejenige unterscheiden, bei der gleiche Anstrengungen für gleiche Ziele vereint werden, die gleichzeitig genossen werden. Als ko Bei einer Zusammenarbeit, die nicht völlig homogen ist, kann man (2) eine Zusammenarbeit unterscheiden, bei der gleiche Anstrengungen für gleiche Ziele verbunden werden, die nicht gleichzeitig genossen werden. Eine Zusammenarbeit, deren Heterogenität deutlicher ist, ist (3) die, bei der es ungleiche Anstrengungen gibt zu gleichen Zwecken verbunden. Und schließlich kommt die entschieden heterogene Zusammenarbeit (4), die, in der unterschiedliche Anstrengungen zu unterschiedlichen Zwecken vereint werden. [14]

Im letztgenannten Fall erreicht die soziale Errungenschaft ihre volle Entfaltung.

„Nur im Rahmen einer freiwilligen Vereinbarung, die nicht mehr stillschweigend und vage, sondern offenkundig und eindeutig ist, kann die Zusammenarbeit harmonisch fortgesetzt werden, wenn die Arbeitsteilung etabliert ist. Und wie in der einfachsten Zusammenarbeit, bei der gleiche Anstrengungen zur Sicherung vereint werden.“ Als Gemeinwohl veranlasst die Unzufriedenheit derjenigen, die ihre Arbeit aufgewendet haben, aber nicht ihren Anteil am Guten erhalten, sie dazu, mit der Zusammenarbeit aufzuhören; wie bei der fortgeschritteneren Zusammenarbeit, die durch den Austausch gleicher Arbeiten gleicher Art erreicht wird zu unterschiedlichen Zeiten aufgewendet wird, entsteht eine Abneigung gegen die Zusammenarbeit, wenn das erwartete Äquivalent der Arbeit nicht erbracht wird; in dieser entwickelten Zusammenarbeit bedeutet dies das Versäumnis eines der beiden, dem anderen das zu überlassen, was erklärtermaßen als gleichwertig mit dem anderen anerkannt wurde Die gegebene Arbeit oder das gegebene Produkt neigt dazu, die Zusammenarbeit zu verhindern, indem es Unzufriedenheit mit ihren Ergebnissen hervorruft. Und während so verursachte Antagonismen offensichtlich das Leben der Einheiten behindern, wird das Leben des Aggregats durch verminderten Zusammenhalt gefährdet.“

„Aber jetzt müssen wir die Tatsache erkennen, dass die vollständige Erfüllung dieser ursprünglichen und abgeleiteten Bedingungen nicht ausreicht. * * * * Wenn niemand mehr für seine Mitmenschen tun würde, als die strikte Vertragserfüllung erfordert, würden private Interessen leiden aus der mangelnden Beachtung öffentlicher Interessen. Die Grenze der Verhaltensentwicklung wird folglich erst dann erreicht, wenn über die Vermeidung direkter und indirekter Verletzungen anderer hinaus spontane Bemühungen unternommen werden, das Wohlergehen anderer zu fördern.“

Der hier hervorgehobene Punkt ist der soziale Druck der Gesellschaft auf das Individuum, um sicherzustellen, dass die Handlungen des Individuums in erster Linie nicht seinem Wohlergehen abträglich und in zweiter Linie seinem Wohlergehen untergeordnet sind. Aber da die Gesellschaft aus Individuen besteht, darf dieser Druck natürlich nicht so beschaffen sein, dass er das Wohlergehen der Individuen, aus denen die Gesellschaft besteht, zerstört, denn das würde ihren eigenen Zielen zuwiderlaufen.

Aus diesem Prinzip lässt sich leicht ableiten, welche Handlungen in den verschiedenen Phasen der menschlichen Entwicklung verurteilt und welche gelobt werden würden. Die strengsten Gebote würden den grundlegenden Anforderungen der Existenz entsprechen und die Heiligkeit des Lebens innerhalb der Gemeinschaft vorschreiben. Als nächstes würden die familiären Beziehungen in der Reihenfolge ihrer Autorität folgen. Der Schutz von Eigentum jeglicher Art würde frühzeitig ethisch anerkannt werden. Eine Belobigung würde Männern zuteil, deren Handlungen in dieser Hinsicht angemessen begrenzt waren. In frühen Entwicklungsstadien wurde der Feigling verurteilt, während der Krieger, der seinen Teil zum Schutz der Gemeinschaft tat, gelobt wurde. Und so erhielten die Taten der Menschen auf vielfältige Weise Lob oder Tadel, je nachdem, ob sie zum Wohlergehen oder zum Leid der bestehenden Gemeinschaft beitrugen.

FUSSNOTEN:

[12] Data of Ethics, S. 133.

[13] Data of Ethics, S. 139.

[14] Ebd., S. 140.

KAPITEL V.
DER ETHISCHE IMPERATIV.

Wir haben also gesehen, dass der Ursprung und die Autorität der Ethik in der Soziologie zu finden sind; aber die Untersuchung hier ruhen zu lassen, ist nur ein Teil des Verständnisses der Natur und der Notwendigkeit ethischer Verhaltenspflichten. Wir sind der Ansicht, dass die ethische Theorie von Herrn Spencer unter seiner Darstellungsweise leidet. Wir sollten bereit sein, die Frage in umgekehrter Reihenfolge anzugehen und statt nach einer ethischen Autorität auf individueller oder biologischer Grundlage zu suchen, die in einer ethischen Soziologie gipfelt, den soziologischen Ursprung und die Autorität der ethischen Verpflichtung sofort anzuerkennen und uns darum zu bemühen um es im Detail durch eine untergeordnete Untersuchung biologischer Anforderungen und psychologischer Entwicklungen zu verstehen.

Die wichtigste Tatsache, die jeder Ethik zugrunde liegt, ist die Existenz einer Gesellschaft, die aus subjektiven Faktoren besteht, Faktoren, die Gefühle und Denkvermögen besitzen. Der Grundgedanke der Ethik ist die Regulierung des gegenseitigen Verhaltens dieser Faktoren. Es ist die Stimme der Million gegen die Stimme der Einheit, die über die Pflicht der Einheit entscheidet. Es ist die Stimme des Einzelnen gegen die Stimme der Gesellschaft, die eine Meinungsänderung fordert. Es ist die Stimme von Einzelpersonen gegenüber anderen Personen, die allgemeine Pflichten spezifizieren. Im Großen und Ganzen handelt es sich um die Geltendmachung von Pflichten gegenüber anderen Individuen gegenüber dem Ego. Aus der Allgemeinheit des Anspruchs ergibt sich aber, dass Gegenseitigkeit des Anspruchs besteht und die geforderten Pflichten zugleich anzuerkennen sind. Das Prinzip kann leicht als theoretisch korrekt akzeptiert werden, und viele allgemeine Rechte und Pflichten lassen sich leicht als Folge davon ableiten, aber über diese allgemeinen Regeln hinaus müssen ethische Probleme eher ausgearbeitet als durchdacht werden – in den wichtigeren Angelegenheiten von Gesellschaften während ihres Aufstiegs Wachstum, in kleineren Angelegenheiten durch Einzelpersonen durch vielfältige Anpassungen und Neuanpassungen. Ich tue dies oder das im Widerspruch zu einem anerkannten Sozialgesetz. Ich werde verurteilt und fühle mich durch die gesellschaftlichen Strafen so allgemein unwohl, dass ich zur Konformität gezwungen werde oder, andernfalls, die Gesellschaft ihre Meinung ändert und mein Recht anerkennt, das zu tun, was ich getan habe.

Doch dann stellt sich die Frage: Nach welchem Prinzip sollten ethische Urteile gebildet werden? Da die Gesellschaft die Ausführung bestimmter

Handlungen verlangt, während sie die Ausführung anderer verbietet, und da ihr Ziel die biologische Vollständigkeit jedes einzelnen Individuums ist, nach welchen Prinzipien legt sie die Beschränkungen fest und erlegt die Anordnungen auf, um nicht einzugreifen? zu viel mit individuellen Freiheiten? Dieses Prinzip kommt in der Formel von Herrn Spencer sehr gut zum Ausdruck.

Das ganze Problem tritt vor uns auf, wenn wir die relativen Ansprüche von Egoismus und Altruismus betrachten müssen, ein Problem, das Herr Spencer in den Kapiteln „Egoismus *versus* Altruismus", „Altruismus *versus* Egoismus", „Prüfung und Kompromiss" hervorragend ausgearbeitet hat. " und "Versöhnung". Da es sich um ein rein kritisches Werk handelt, das nur in Verbindung mit dem kritisierten Werk gelesen werden darf, sehen wir uns nicht verpflichtet, über diese Kapitel zu berichten. Wir erklären lediglich, dass wir sie leibhaftig akzeptieren; die Vorbehalte, die wir machen würden, beziehen sich lediglich auf bestimmte Einzelheiten der Darstellung. Wir sollten sie hier noch einmal abdrucken, um diese Arbeit in ihrer Argumentation zu vervollständigen, aber es ist einfacher, den Studenten zu bitten, seine Lektüre dieser Kritik durch eine Wiederholung der Kapitel, auf die Bezug genommen wird, zu unterbrechen.

* * * * * *

Nachdem ich Herrn Spencers Behandlung des Problems gelesen habe, bleibt die Frage bestehen: Handelt es sich bei dem ethischen Imperativ lediglich um einen äußeren, der durch eine umsichtige Berücksichtigung der Anforderungen des sozialen Umfelds diktiert wird? Die Antwort muss negativ sein; Es gibt eine innere moralische Autorität, die den Handlungen ihren ethischen Ruhm, ihre poetische Zartheit, ihre qualitative Wertschätzung verleiht, so dass es in der Vergangenheit Namen gibt, die immer im Gedächtnis der Menschen stehen und in ihrer Fantasie für alle geheiligt und geadelt werden Zeit, aufgrund der ethischen Herrlichkeit ihres Lebens und der Art und Weise, wie ihr Beispiel die breite Sympathie in uns anspricht. Aus derselben inneren Quelle entspringt die Abscheu vor schmutzigen und grausamen Taten, der Hass vor ungerechten und tyrannischen Taten und der Abscheu vor den Männern und Frauen, die sie begehen. Dasselbe innere Gefühl überzieht den Einzelnen selbst mit Scham und Reue für begangene unwürdige Taten, von denen eine allgegenwärtige Erinnerung keine Befreiung erfährt.

Die natürliche Geschichte des Wachstums dieser inneren Autorität ist die Geschichte der Wirkung der subjektiven Umwelt auf das subjektive Individuum. Das Verständnis dieses Wachstums ist die Aufgabe der Psychologie in den beiden Formen der emotionalen Evolution und der intellektuellen Evolution, wie sie Mr. Spencer in Kapitel VII der „Daten der

Ethik" darlegt – die Vergrößerung der Zahl der Sympathien mit der subjektiven Umwelt – Vergangenheit, Gegenwart und Zukunft – und die Vergrößerung der Zahl der Entsprechungen mit der objektiven Umgebung in Raum, Zeit und Allgemeinheit. Wir befassen uns insbesondere mit dem Zweig, der sich mit dem Wachstum der Emotionen befasst. Die rein biologische Sichtweise bezieht sich auf das Individuum und seine eigene persönliche Existenz. Aber die Fürsorge für die Nachkommenschaft, die aus einer unverständlichen Notwendigkeit für den Fortbestand der Art entsteht und mit der Anerkennung ihres subjektiven Charakters einhergeht, führt im Hinblick auf ihre Auswirkungen auf die Subjektivität der Nachkommenschaft zu regulierenden, erzwingenden oder regulierenden Handlungen abschreckender Charakter. Darüber hinaus haben die Sympathien, die zweifellos zwischen Organismen bestehen, durch ein nicht verstandenes Gesetz dazu geführt, dass die Schmerzen anderer als egoistische Schmerzen und die Freuden anderer als egoistische Freuden anerkannt werden. So wurde der Altruismus von Anfang an *gewissermaßen zu* einer Form des Egoismus, und das Wirken des Ichs in seiner subjektiven Umgebung hatte bei seinen Nachkommen einen regulierenden Charakter. Eine Ausweitung und Modifikation dieser Aktion erfolgte auf ein soziales Umfeld, das aus weiter entfernten oder nur Stammesbeziehungen bestand. Dennoch führte die psychologische Entwicklung dazu, dass die Sympathien nach und nach auch stammesbezogene und nationale und schließlich auch humanitäre Anerkennungen umfassten. Das Wachstum der Ethik und das Wachstum des ethischen Gefühls werden daher als natürliches Wachstum und nicht nur als Lösung eines intellektuellen Problems angesehen. Die Rechtfertigung für das ethische Gefühl liegt darin, dass es existiert. Die Rechtfertigung für jeden Moralkodex ist, dass er existiert. Aber die Änderung des Moralkodex bezieht ihre Berechtigung aus veränderten Verhältnissen. Die Wechselhaftigkeit des Letzteren beeinträchtigt nicht die wesentliche Natur des Ersteren, sondern bezeugt sie. Es ist das Berufungsgericht für die Beibehaltung bestehender Kodizes und für die Beurteilung bevorstehender Änderungen. Wir können uns daher nicht umdrehen und sagen – wozu wir vielleicht versucht sind, wenn wir die Relativität der Moral und ihren Ursprung in äußeren Verpflichtungen erkennen –: „Ethik ist nur ein intellektuelles Rätsel, nur ein Gesellschaftsvertrag, den ich eingehen kann oder nicht." wie es mir gefällt. Wenn ein Mann eine feindselige Haltung gegenüber der Gesellschaft einnimmt, verletzt er seine Natur als Mensch; und wenn ein Philosoph oder ein selbstsüchtiger Weltmensch die menschliche Sympathie abschneidet, um ein bloß kluges Leben zu führen, wird er zu etwas weniger als einem Menschen, er verfehlt die volle Funktion und Freude des Lebens. Dennoch muss man anerkennen, dass es Männer gibt, die ihre emotionale Natur so verstümmelt haben, dass sie innerhalb der engen Grenzen selbstsüchtiger Wünsche ein einigermaßen zufriedenstellendes Leben führen. Für sie ist die ethische Verpflichtung nur äußerlich, und die innere Verpflichtung ist ein Minimum. Das kann der Fall sein. Es gibt Männer, deren Handlungen im Widerspruch zur Stimme der Gesellschaft stehen und die keine Reue zeigen. Die Gesellschaft muss mit diesen Männern so gut wie möglich umgehen. Das ethische Problem ist nur für diejenigen von Interesse, die sich dazu verpflichtet fühlen, oder für den Philosophen, der die menschliche Natur studiert, deren Charakteristikum es ist.

Als praktische Frage betrachtet, wird keine philosophische Theorie die Kraft der Überzeugung auf einen bestialischen, brutalen, schmutzigen, selbstsüchtigen Menschen übertragen. Diese erfordern materielle Strafen der Gesetzeshüter, persönliche Gewalt und sozialen Zwang. Und selbst dann gibt es in jeder Gemeinde noch große kriminelle Gruppen. Das Studium des ethischen Problems ist für diejenigen gedacht, die ethische Verpflichtungen erkennen und Führung oder Führung suchen. Die innere ethische Verpflichtung soll einem Menschen nicht eingeredet werden. Es muss in das Kind hineingewachsen werden. Dies geschieht durch liebevolles Handeln und Verhalten, ein gerechtes und rücksichtsvolles Verhalten, das sich an ethischen Grundsätzen orientiert. Und hierin liegt der Nutzen der Studie. Beispiele und Anweisungen in alltäglichen Erfordernissen bilden die Grundlage für den Einfluss, den Bildung ausüben kann . Eine diskriminierende Beurteilung zeitgenössischer Handlungen und vergangener Geschichten führt tendenziell zu einer angemessenen Unterscheidung der Qualitäten von Handlungen.

Aber im Folgenden und begleitend zu all dem muss man – wie Mr. Spencer es so voll erkennt – die Registrierung, wie er es nennt, von Emotionen und geistigen Fähigkeiten in den vererbten Konstitutionen von Organismen erkennen. Was die Lektion eines Zeitalters ist, ist zur angeborenen Fähigkeit eines nachfolgenden Zeitalters geworden. Es gibt natürliche Tendenzen, die Individuen von ihren Vorfahren geerbt haben, und die fortwährende soziale Verbesserung führt dazu, dass nach und nach Individuen entstehen, die immer besser für den sozialen Zustand geeignet sind, indem sie Sympathien für andere besitzen und ein inneres Gefühl moralischer Verpflichtung entwickeln. Darüber hinaus werden diese Individuen unter dem Einfluss eines gesellschaftlichen Staates geboren und aufgezogen, der immer mehr von der Erkenntnis durchdrungen ist, dass das Wohl der Gesellschaft zu Recht Vorrang vor dem Schicksal des Einzelnen hat.

Der ethische Imperativ muss dann als ein inneres Wachstum eines subjektiven Individuums betrachtet werden, das in der psychologischen Evolution durch die kontinuierliche Weiterentwicklung sowohl der sympathischen Korrespondenzen als auch der intellektuellen Korrespondenzen mit der subjektiven Umwelt und der erblichen Weitergabe derselben hervorgerufen wird und ihre Aufrechterhaltung und Veränderung durch Bildung und Ausbildung, die durch den gegenwärtigen sozialen Druck, spezieller und allgemeiner Natur, hervorgerufen werden; welcher soziale Druck selbst einem ständigen, aber allmählichen Wandel in seiner Häufigkeit und Tendenz unterliegt. Der ethische Imperativ ist daher zum Teil innerlich, da jeder Einzelne von gesellschaftlichen Sympathien und emotionalen Rücksichten auf humanitäre Ideale angetrieben wird oder sofern er zahlreiche besondere und persönliche, freundliche Beziehungen zu seiner Umwelt unterhält. Aber in dem Maße, in dem ein Mensch dieser sympathischen Besitztümer entbehrt, ist er auch von den Verpflichtungen des inneren ethischen Imperativs befreit, und in dem Maße nähert er sich den niederen Evolutionsstufen des unbelebten Objekts oder des Tieres des Waldes, der gefühllose Fisch, der in den Tanks eines Aquariums ins Leere starrt, oder ein sich selbst ernährender Motor, der nur eine etwas weniger entwickelte Form eines sich bewegenden Gleichgewichts darstellt. Für solche bleibt nur die äußere Vorsichtspflicht, sich an den sozialen Druck in seinen verschiedenen Formen von Gesetzen, Gewohnheiten oder der öffentlichen Meinung anzupassen, oder an den unterschiedlich geäußerten Unmut oder die Empfehlungen der Nachbarn, denen man sich beugen sollte. Für sie ist dies der einzige ethische Imperativ.

Für keine dieser Klassen bietet eine begründete Theorie der absoluten Moral irgendeine Verpflichtungskraft oder Einsicht in die Einzelheiten der Pflicht. Und hier ist es angebracht zu fragen, ob Herr Spencer selbst der absoluten Moral irgendeine Macht als ethischen Imperativ beimisst. Absolute Moral ist in Mr. Spencers Behandlung lediglich eine Vorstellung idealen Verhaltens in einem idealen Zustand der Gesellschaft. Wir müssen uns einen Gesellschaftszustand höchster Komplexität vorstellen, der aus Individuen besteht, die alle verschiedenen Berufe ausüben, die durch die Unterteilung der Arbeit von der untersten zur höchsten Ebene erforderlich sind, in der jedes Individuum dennoch seine oder ihre Funktionen in einer solchen Gesellschaft ausüben kann um ein Höchstmaß an persönlichem Glück zu gewährleisten und gleichzeitig das höchste Glück der Gesellschaft als Ganzes zu fördern.

Ein solcher idealer Zustand würde Individuen jeden Alters umfassen, vom Säuglingsalter bis zum extremen Alter, und könnte Invaliden und Verkrüppelte unmöglich ausschließen, denn wir können nicht annehmen, dass sich bewegende Gleichgewichte in der Lage sein werden, innere Kräfte zu entwickeln, um sie vor dem Tod intakt zu halten Auswirkungen von Stürmen, Explosionen und anderen natürlichen Ereignissen, und da es Teil der Theorie des sich bewegenden Gleichgewichts ist, anzunehmen, dass Organismen nur vorübergehende Gleichgewichte auf dem Weg zu einem endgültigen Gleichgewicht in einem Ruhezustand sind, ist es notwendig, anzunehmen, dass dies der Fall sein wird immer anfällig für Krankheit und Tod sein. Es ist daher wahrscheinlich, dass die Gesellschaft viele an organischen Krankheiten leidende Menschen umfassen würde, und es ist schwer, sich einen Zustand der Gesellschaft vorzustellen, der völlig frei von psychischen Störungen in verschiedenen Graden von Defekten, Übermaßen oder Aberrationen wäre. Dennoch werden wir gebeten, uns einen Zustand vollkommenen Gleichgewichts in einer Gesellschaft vorzustellen, die aus heterogenen Individuen in verschiedenen Gleichgewichtsstadien besteht, und uns wird gesagt, dass eine richtige und vollständige Vorstellung dieses Charakters uns einen Kodex absoluter Moral liefern würde. Aber es ist ganz klar, dass Mr. Spencers utopische Hypothese das Ergebnis einer Hoffnung ist, die auf großen menschlichen Sympathien entspringt, und nicht auf einer realisierbaren Zukunft, die einen ethischen Imperativ darstellt.

Daher wird angenommen, dass tatsächliche Standards der Moral äußerst unvollkommen sind und nur schwache Vorboten eines zukünftigen Ideals darstellen, oder dass es auf jeden Fall eine absolute Moral gibt, die über alle Zeitalter hinweg herrscht und die Autorität für die Annäherungen an jedes Zeitalter darstellt . Wenn wir jedoch den Grundgedanken der Biologie als die vollständigste Anpassung des Organismus an seine Umwelt, einschließlich der Anpassung der Umwelt an den Organismus, ausreichend erkennen, müssen wir anerkennen, dass die vollkommenste Moral die beste Anpassung des Individuums an diese ist sein Umfeld in der Gesellschaft, der er angehört. Somit ist die vollkommenste Moral die beste relative Anpassung und nicht die nächste Konformität mit einem idealen Standard, der für einen perfekten Zustand der Gesellschaft geeignet ist. Die biologische Regel ist grundlegender als jede andere, die gesellschaftliche Sichtweise folgt; und sein Moralideal ist die Vervollkommnung der tatsächlichen Anpassung zwischen den Individuen bestehender Gesellschaften, um das größte Glück aller zu gewährleisten. So wie es höhere und niedrigere Leben gibt, gibt es auch höhere und niedrigere Moralvorstellungen, aber sie werden durch ihre quantitative relative Vollkommenheit gerechtfertigt und nicht durch ihren Ansatz zur absoluten Moral, und sie leiten ihre ethische Verpflichtung nicht aus der letztgenannten Quelle ab .

Es liegt an der Zunahme psychologischer Ansichten, dass der Mensch mit der Bürde so vieler Ideale zu kämpfen hat. Es liegt uns fern, von edlen Zielen abzuweichen, aber es ist notwendig, den Ursprung und die Natur moralischer Ideale zu beachten und ihnen den richtigen Platz zuzuweisen . Sie entstehen aus den wachsenden Sympathien der Rasse und ihrer immer größer werdenden Intelligenz; Insbesondere entstehen sie in den Köpfen von Denkern und Forschern der Menschheit im Hinblick auf die kontinuierlichen Ansammlungen von Stämmen und Nationen von Menschen, die sich mit der praktischen Frage befassen, wie sie zusammenleben sollen, ohne die Rechte des anderen auf Leben und Vergnügen übermäßig zu verletzen. Diese mussten notwendigerweise für sich selbst praktische Ideale bilden, aber Ideale irgendeiner Art – Ideale von mehr oder weniger zwingender Imperativität, je nachdem sie das Wesentliche einer angenehmen Existenz berührten oder je weniger bedeutsam sie sich auf Interaktionen auswirkten. Das Anwachsen individueller Sympathien eröffnete immer mehr Spielraum bei der Beurteilung persönlicher Handlungen, und die Verbreitung von Intelligenz sicherte die Akzeptanz allgemeinerer Gesetze regulativer Anforderungen seitens der Gesellschaft. Die Autorität einiger der so anerkannten Gesetze schien schließlich in der Natur der Sache zu liegen und in ihrer Imperativität unabhängig und absolut zu sein. Jene Gesetze, die als wesentlich für die Existenz der Gesellschaft angesehen wurden, wurden unabhängig von der Gesellschaft als ewig und wahr angesehen. Aber dies wird sofort als eine falsche Vorstellung und nur als eine eigentümliche Darstellungsweise der wesentlichsten Gesetze der relativen Moral erkannt. Keine Männer, keine Moral! Unmoral ist eine Sünde, nicht gegen ewige Rechtsgrundsätze, sondern gegen die praktischen Arbeitsprinzipien, die mit der menschlichen Gesellschaft einhergehen.

Die Aufstellung einer vollkommenen Moral, eines idealen Kodex, der möglicherweise in einem idealen Zustand der Gesellschaft existiert, der aber wahrscheinlich nie als Regel gegenwärtigen Verhaltens verwirklicht wird, bedeutet, nicht nur etwas Undurchführbares, sondern etwas Falsches aufzustellen Standard, da der einzig wahre Standard der relative soziologische ist, der auf dem historischen Prinzip der Anpassung basiert.

Vielleicht gelangen wir aber auch von diesem Grundsatz aus zum gleichen Punkt, denn bei der Lösung des Problems, wie wir jedem seinen gerechten Anteil an einem glücklichen Leben sichern können, sind wir verpflichtet, bestimmte Grundgesetze aufzustellen, die den Einzelnen vor Schaden im Leben schützen Wir sind verpflichtet, der Gesellschaft als Ganzes und jedem Einzelnen bestimmte positive Hilfspflichten gegenüber den Einzelnen als Mitgliedern der Gemeinschaft aufzuerlegen. Dennoch ist das Ideal, das jeder Generation vorgelegt wird, das, wozu sie tatsächlich fähig ist, und kein phantasievolles, das außerhalb ihrer Kräfte liegt. Und wir stellen uns vor, dass die pauschale Verurteilung religiöser und moralischer Idealisten, die das Bewusstsein für Sünde, Unvollkommenheit und Leistungsunfähigkeit weckt, was die Predigt solch hoher absoluter Standards erfordert, Schaden anrichtet.

Zweifellos weckt die Vermittlung hoher Ideale jugendliche Begeisterung und unterstützt männliche Anstrengung. Aber manchmal beeinträchtigt das Nichterreichen unmöglicher Ideale das Streben nach erreichbarer relativer Vollkommenheit und führt dazu, dass wir die guten Eigenschaften, die tatsächlich in uns selbst und unseren Mitgeschöpfen vorhanden sind, unterschätzen und vernachlässigen. Die „Unco-Guid" können so viel unterdrücken wie sie entwickeln, denn die Idealisten haben mehr Sünder und damit Sünder gemacht, als durch die Anpassungen der Gesellschaft gerechtfertigt ist.

Dennoch ist die psychologische Vorstellung eines idealen Menschen in einem idealen Zustand höchst faszinierend, sowohl für den Philanthropen, dessen Herz sich der gesamten Menschheit öffnet, als auch für den Philosophen, der die absolute Perfektion der moralischen oder politischen Theorie anstrebt. Es gibt Männer und Frauen mit edlem und süßem Mitgefühl, die darauf abzielen, jedem seine kleine ideale Welt um sich herum zu schaffen und so die allgemeine Masse zu durchsäuern und die Bewegung hin zum großen Ideal zu unterstützen. Dichter haben dieses goldene Zeitalter besungen und werden es in allen Zeitaltern besingen, und Philosophen haben es bewusst oder unbewusst als vorherrschendes Motiv in all ihren Schriften zum Ausdruck gebracht. Staatsmänner in kleineren Kreisen mit praktischer Bedeutung arbeiten nur darauf hin, und das ganze Herz der Menschheit wimmelt von Hoffnung auf eine Zeit, in der die Probleme aufhören und ein erträgliches, wenn nicht sogar ein glückliches Schicksal das Ende aller sein wird.

Wir finden daher, dass der ethische Imperativ einen zweifachen Ursprung hat. Es verfügt über eine äußere Autorität bei der Auferlegung zwingender Verhaltensregeln, die soziale Strafen oder Belohnungen mit sich bringen, deren Ausmaß je nach der wesentlichen oder trivialen Art und Weise variiert, in der sich Handlungen auf das Leben anderer Individuen auswirken, und wiederum eine äußere Autorität bei der mitfühlenden Handlung der umgebenden subjektiven Organismen auf subjektive Organismen, um sympathische Reaktionen hervorzurufen und zu entfachen. Es hat auch eine innere Autorität in den Sympathien, die durch ein Naturgesetz im Ego gegenüber den umgebenden Egos in der Manifestation seiner verschiedenen subjektiven Merkmale entstehen.

Der ethische Imperativ ist also ein Wachstum im Inneren eines Menschen. Es ist auch eine ihm auferlegte Erziehung, und es ist wiederum ein äußerer sozialer Druck, der mit Belohnungen und Strafen einhergeht. Der innere ethische Imperativ besteht nicht für alle Menschen, und auf sie muss der soziale Druck in mehr oder weniger offensichtlichen Formen von Verachtung, Denunziation und sogar dürftiger Ernährung sowie den kalten, stirnrunzelnden Wänden von Gefängnissen und unbelohnter Arbeit ausgeübt werden. Zu diesem Zweck arbeitet der Gesetzgeber auch an der Beseitigung von Lebenshindernissen und der Förderung der Bildung. Der Philanthrop fördert sanft die schwachen Ausblühungen humanitärer Sympathien. Sonntagsschulen und Kanzeln betonen mehr oder weniger ernsthaft die moralischen Verpflichtungen. Eltern rufen die Liebe und das Mitgefühl der Kinder hervor, und unter Brüdern, Schwestern und Gefährten lernt das Kind zunächst die Lektion der gegenseitigen Pflicht und gegenseitigen Hilfe. Gelegentlich tritt in der Weltgeschichte ein Prophet auf, in dem sich das humanitäre Gefühl in zehnfachem Maße verdichtet hat, und er spricht mit einer Stimme, die auf den ausgedehnten Wegen der Zeit widerhallt und aus den abgestimmten Herzensakkorden des Propheten eine Antwortnote hervorruft Nationen.

KAPITEL VI.
ETHISCHE SYSTEME.

Herr Spencer behauptet zu Recht, dass sein System allen bisherigen Systemen der Ethik und Theorien menschlichen Handelns eine neue Bedeutung und Autorität verleiht. In seinem System harmonieren sie alle. Ihre Widersprüche verschwinden mit der Entdeckung, dass sie alle Teile eines einzigen Wahrheitskonsenses sind. Wir werden einige dieser früheren Theorien in ihrer Beziehung zu der jetzt vertretenen der Reihe nach untersuchen.

Die Vorstellung, dass die Gesellschaft ein Pakt oder Vertrag ist, ist zwar im Wesentlichen unwahr, da die Gesellschaft ein Wachstum und keine aus Verhandlungen resultierende Partnerschaft war, dennoch in dem Sinne wahr, dass Menschen beim Eingehen auf individuelle biologische Freiheiten oder Egoismen verzichten mussten soziale Bühne. Es gab nie bewusste Verhandlungen, aber es gab unendlich viele stillschweigende Vereinbarungen über gesellschaftliche und individuelle Anpassungen, die schließlich zu den wohlgeordneten Gesellschaften der Neuzeit führten.

Die intuitive Schule der Moralisten findet, dass die Intuitionen darüber, was richtig und was falsch ist, und insbesondere das Gefühl von richtig und das Gefühl von falsch, in der Tatsache des Wachstums des Gefühls im Allgemeinen als dem Wesentlichen der biologischen Geschichte gerechtfertigt und begründet sind. und in der historischen Etablierung des inneren Wachstums moralischer Gefühle, die von Generation zu Generation weitergegeben werden. Gültigkeit und Autorität werden moralischen Grundsätzen allein aufgrund ihrer vorhandenen Stärke und ihrer anerkannten Eignung für die gesellschaftlichen Umstände verliehen. Die Empörung oder die Bewunderung, die der Mensch von Natur aus über bestimmte Handlungen empfindet, ist *a priori* und unabhängig von jeder begründeten Meinung über deren Tragweite gerechtfertigt. Lob und Tadel haben in der Tat keinen großen Einfluss auf die Vernunft. Spontan und selbstständig kommen Leidenschaft und Begeisterung zum Ausdruck. Ohne lange nachzudenken, folgt das unaufgeforderte Stirnrunzeln und der scharfe Tadel oder sogar der hastige Schlag. Ohne nachzudenken kommt der Ausdruck von Trauer und Mitgefühl, der Glanz des Lobes, das anerkennende Lächeln, das lobende Wort, direkt aus dem Herzen und dem Mitgefühl des gleichgesinnten Zuschauers. Die Vernunft mag über Details streiten – sie mag die spontanen Äußerungen der Sympathien verurteilen, sie mag leiten und leiten, aber sie eignet sich niemals dazu, ihre Wärme zu loben oder ihre Strenge zu verurteilen. Diese sind rein instinktiv, und die Vernunft rechtfertigt sie in der Feststellung ihres Ursprungs und Wachstums. Es gibt ein intuitives Gewissen, das durch die Evolution entwickelt wurde. Die Anpassung von Organismen, das Wachstum von Gefühlen, der Erwerb altruistischer oder sympathischer Gefühle in einer Umgebung subjektiver Individuen hat nicht nur soziale Anpassungen, sondern auch Gefühle in Individuen im Verhältnis zu jenen sozialen Anpassungen entwickelt, die ein Gewissen oder eine Intuition ausmachen. Noch nie könnte ein solches Gewissen oder eine solche Intuition einen Menschen ganz und gar zu moralischem Handeln lehren. Das Gewissen setzt für seine Verwirklichung die Anwesenheit seiner Umwelt voraus. Es braucht Bildung, Ermutigung und Unterweisung. Die Gesellschaft ist eine kontinuierliche Existenz. Das in eine Gesellschaft hineingeborene Kind erbt nicht nur deren Veranlagungen, sondern erhält von Anfang an auch deren Vorurteile, ist ihren Geboten unterworfen und wird in ihren Gewohnheiten geschult. Intuition ist nur ein Teil der Wahrheit. Doch obwohl es durch Bildung entwickelt und von der Vernunft geleitet werden kann, besteht kein Zweifel an seiner Existenz und daran, dass es die Begeisterung für Lob, die Schärfe für Verurteilung und die Schärfe für Reue verleiht.

Die Ansicht, die Ethik als durch den Egoismus erklärbar ansieht, ist sehr unvollkommen und zweideutig. Denn wovon spricht man vom Ich und woraus besteht es? Die Sichtweise, die den Egoismus zur Regel des Lebens macht und von der einige meinen, dass sie die ultimative Begründung der Ethik darstellen könnte, ist identisch mit der biologischen Sichtweise, die wir bereits diskutiert haben. Zweifellos ist Egoismus die Lebensregel im weitesten Sinne. Zweifellos ist die Anpassung des Egos an die Gesellschaft und der Gesellschaft an das Ego die Regel des Lebens. Aber Egoismus wird nur dann ethisch, wenn er in der Reihenfolge seines Wachstums die Liebe zu den Nachkommen, die Liebe zur Familie, die Liebe zu den Mitmenschen, die Achtung des Stammes, der Nation oder der gesamten Menschheit einschließt. Je mehr der Egoismus seine Engstirnigkeit verliert, wie er seine ausschließliche Rücksicht auf den persönlichen Fortbestand verliert und sich von Zuneigung zu anderen und altruistischen Erwägungen besessen fühlt, desto weniger egoistisch wird er. Es ist eine Frage der Logik, zu sagen, dass sein Handeln im Wesentlichen immer noch egoistisch ist, wenn es anderen Gutes tut, weil es Teil seiner eigenen Natur ist, anderen Gutes zu tun, und es tut dies, um seine eigenen egoistischen Wünsche zu befriedigen. Dies beweist nur, dass Egoismus die Regel des Lebens ist, etabliert ihn jedoch nicht als Regel der Ethik, was etwas ganz anderes ist. Im Verlauf der Untersuchung wurde herausgefunden, dass die ethische Regel erstens die Gesamtheit der Gebote ist, die die Gesellschaft dem Einzelnen auferlegt; und zweitens das Gewissen, das eine Gesellschaft subjektiver Individuen in jedem einzelnen Ego kultiviert, beides entsteht aus dem Wachstum altruistischer Sympathie in dem subjektiven Organismus, aus dem die Gesellschaft besteht. Zu sagen, dass Menschen, wenn sie ethisch handeln, aus Egoismus handeln, heißt nur, ethisches Handeln in die Aussage eines allgemeineren biologischen Gesetzes einzubeziehen und lenkt den Geist völlig von der speziellen ethischen Untersuchung ab. Der ethische Egoismus setzt ein ethisches Gefühl im Ego voraus, andernfalls ist die egoistische Moral gezwungen, sich eine hypothetische Gesellschaft von Individuen ohne Gefühle auszudenken, was sie natürlich aus der Beziehung zur Menschheit bringt. Der Egoismus als Grundlage der Moral schließt zwangsläufig den Altruismus ein, andernfalls ist er lediglich eine Form, das allgemeinste Gesetz der Biologie auszudrücken.

In seiner höchsten Form verleiht der Egoismus den Handlungen jedoch eine umfassende und weise Konsistenz. Es setzt einen wohlgeordneten Geist voraus, der zur Selbstregulierung und Kontrolle fähig ist. Es blickt rundherum und beurteilt die Eventualitäten von Handlungen. Es fasst seine eigenen Kräfte und Motive zusammen, berücksichtigt seine gegenwärtige und zukünftige Umgebung und bildet sich ein Urteil über die umsichtigste Vorgehensweise, um sich ein möglichst gesundes Leben und den größtmöglichen Fortbestand dieses Lebens in der Zukunft zu sichern. Ein kluger und wohlüberlegter Egoismus ist sowohl für die Gemeinschaft als auch für den Einzelnen von großem Nutzen. Es ist jedoch nicht grundsätzlich ethisch, und zwar nur insoweit, als das Individuum wirklich altruistisch ist. Wenn der Egoist nicht altruistisch ist, kann er zu einem Fluch für die Gesellschaft, in der er lebt, oder, wenn es in größerem Maßstab geht, zu einer schrecklichen Geißel für die gesamte Menschheit werden.

Der Utilitarismus erklärt keine Ethik, es sei denn, das Wort wird im Zusammenhang mit den biologischen und soziologischen Anpassungen akzeptiert, die während des Aufwärtswachstums stattgefunden haben. Zweifellos waren das alles Versorgungsbetriebe; und daher ist der Utilitarismus insoweit wahr. Aber da es sich dabei um einen Prozess handelt, der mit einer Veränderung des Gefühls einhergeht, handelt es sich nur um eine halbe Erklärung, nur um ein Merkmal der allgemeinen Erklärung. Es war keine allgemeine intellektuelle Anerkennung des Axioms „das größte Glück für die größte Zahl", das die Entwicklung der Moral verursachte. Das Axiom selbst war ein nachträglicher Einfall. Heutzutage mag es als Ausdruck des gefühlsmäßigen und philosophischen Ergebnisses von Evolutionsprozessen von großem Nutzen sein, aber es war nicht das herrschende Prinzip, das die Evolution hervorbrachte. Auf diese Weise als Ergebnis akzeptiert, kann es das Kriterium und der Leitfaden für zukünftiges Handeln bei detaillierten Anpassungen und Modifikationen ethischer Urteile oder politischer Maßnahmen sein und in der Neuzeit eine Autorität haben, die es ursprünglich nicht hätte haben können. Ihr Anwendungsbereich beschränkt sich jedoch auf die Bildung bewusster Urteile, und sie drängt weder zu spontanem Lob noch verleiht sie spontanen Vorwürfen Kraft. Seine Urteile stammen von einem ruhigen Denker, der die Meinungen der

Gesellschaft als Ganzes sehr wohl modifizieren kann und so dazu tendiert, ein besseres Gewissen zu bilden, aber er wird niemals einen moralischen Impuls geben oder die Grundlage für ein ethisches Ideal bilden.

In einem ethischen System, das auf der Akzeptanz der biologischen und soziologischen Evolution basiert, finden alle diese Systeme früherer Philosophen ihren gebührenden Platz. Der Egoismus kann als Lebensregel nicht geleugnet werden, es zeigt sich jedoch, dass der Egoismus nicht immer rein egoistisch bleiben kann, sondern letztlich zwangsläufig ein altruistisches Wachstum beinhaltet. Der Fortschritt der Gesellschaft erfordert altruistische Bedingungen. Das intrinsische Wachstum der Sympathie und das extrinsische Auferlegen von Bedingungen formen in einer kontinuierlichen Gesellschaft durch Veränderungen in der inneren Konstitution von Organismen und durch die erbliche Übertragung solcher Veränderungen nicht nur ein intuitives Gefühl von richtig und falsch, sondern auch ein intuitives Gewissen davon mehr oder weniger Entwicklung. So erkennen und erklären wir das Gesetz von Recht und Unrecht, das jedem zivilisierten Menschen ins Herz geschrieben ist. Der Utilitarismus wird als das ultimative Ergebnis des philosophischen Denkens anerkannt; und obwohl es in den Händen einiger Autoren nur ein unzureichender Ausdruck ist, könnte es in seiner weiteren Ausweitung durch spätere Philosophen vielleicht zu einem angemessenen und geeigneten Ausdruck des ethischen Prinzips und zu einem Leitfaden für Neuanpassungen in der Anerkennung werden der weiteren Ziele und umfassenderen Ansichten der menschlichen Organisation.

Aber jede dieser Ansichten allein reicht nicht aus, um die Größe der ethischen Bewegung zu erklären und zum Ausdruck zu bringen. Nur wenn wir uns mit der Geschichte der Entwicklung der Subjektivität befassen, nur wenn wir den allmählichen Fortschritt von groben Anfängen verstehen und die große Bewegung erkennen, die uns in eine – wir wissen nicht welche hoffnungsvolle – Zukunft führt, können wir die ethische Position und die ethischen Grundsätze richtig einschätzen ethische Autorität. Aber für jemanden, der die Evolution von Organismen und der Gesellschaft versteht, finden all diese unterschiedlichen Ansichten auf einmal ihren natürlichen Platz in wunderschöner Harmonie. Der Hauch von Genie in einem Darwin oder einem Spencer erzeugt aus dem scheinbaren Chaos ein wohlgeordnetes und fortschrittliches System.

Dies ist der richtige Ort, um Herrn Leslie Stephens sehr wertvolles und ausführliches Werk über „Die Wissenschaft der Ethik" zu beachten. Dieses Werk ist klug konzipiert, solide in seiner Grundlage und Konstruktion, schön proportioniert in seiner Behandlungsweise, sorgfältig und vielleicht im Detail zu aufwändig ausgearbeitet.

Die ursprüngliche Konzeption ist insofern klug, als sie metaphysische Fragen und Diskussionen über Grundprinzipien ausschließt und den Bereich ihrer Überlegungen auf ordnungsgemäß ermittelte wissenschaftliche Tatsachen oder Gesetze sowie auf solche Erweiterungen wissenschaftlicher Vermutungen beschränkt, die durch die Akzeptanz der Moderne gerechtfertigt sind Evolutionslehre, dargelegt von Darwin. Die Akzeptanz dieser Doktrin beinhaltet nicht nur die Akzeptanz historischer Entwicklungen, sondern rechtfertigt und erfordert sogar die Akzeptanz einer vermeintlichen prähistorischen Entwicklung. Diese hypothetische Geschichte, die auf Beobachtungen der historischen Ordnung sowie der Gewohnheiten und Bräuche unzivilisierter Rassen basiert, ist vollkommen gerechtfertigt. Das innerhalb wissenschaftlicher Grenzen geführte Problem besteht jedoch darin, die Grundlagen der tatsächlichen Moral zu berücksichtigen (Ch. i.).

Um dieses Ziel richtig zu erreichen, ist es notwendig, den Einfluss der Emotionen als bestimmendes Verhalten zu untersuchen. Als nächstes der Einfluss der Vernunft als bestimmendes Verhalten und schließlich die Interaktion zwischen Rasse und Individuum (Kap. II. und III.).

Auf diese vorbereitenden Arbeiten folgt eine Untersuchung des Sittengesetzes, wie es sich aus gesellschaftlichen Interessen ableitet, sich an gesellschaftlichen Notwendigkeiten orientiert und das Sittengesetz als natürlich und maßgebend feststellt (Kap. iv.).

Als nächstes werden die Inhalte des Sittengesetzes besprochen, wobei die Tugenden Mut, Mäßigung, Wahrheit und die sozialen Tugenden berücksichtigt werden (Kap. V.).

Altruismus als Wachstum innerhalb des Egos ist notwendigerweise Gegenstand von Untersuchungen und wird als eine natürliche Entwicklung von Sympathie aus intrinsischer Subjektivität erklärt. Auch sein Platz in einem System der Ethik wird dargelegt. (Kap. vi.).

Darauf folgt eine Darlegung besonderer Ansichten über Verdienst, freien Willen, Anstrengung und Wissen, wie sie durch die Annahme der Evolutionslehre verändert wurden. Von wesentlicher Bedeutung für eine ethische Arbeit ist die Betrachtung der Natur des Gewissens und der Variationen seiner Urteile (Kap. VIII).

Eine Diskussion über Glück als Kriterium gelingt, einschließlich einer Untersuchung des Utilitarismus und einer Betrachtung der Beziehungen von Moral und Glück (Kapitel ix. und x.). Ein abschließendes Kapitel fasst ein Werk von fast 500 eng gedruckten Seiten zusammen.

Es ist sehr offensichtlich, dass wir die Kritik an einem so großen und wichtigen Werk nicht vornehmen können, ohne uns eingehend mit den

Punkten der Übereinstimmung und Differenz auseinanderzusetzen, die den Umfang unseres vorliegenden Bandes erheblich vergrößern würden. Wir müssen nur sagen, dass wir es, obwohl es natürlich viele kleinere Kritikpunkte gibt, als eine hervorragende Darstellung moderner ethischer Ansichten akzeptieren, die entsprechend der Notwendigkeit der Anerkennung der darwinistischen Theorien modifiziert und koordiniert wurden. Unserer Meinung nach sollte es im Anschluss an Professor Sidgwicks ausgezeichnetes, umfassendes und leidenschaftsloses Werk über „Die Methoden der Ethik" gelesen werden. Die Studie von Herrn Leslie Stephen basiert auf den gleichen wissenschaftlichen Grundlagen wie die „Data of Ethics" von Herrn Spencer, ohne die verwirrenden kosmischen Ansichten, die durch Herrn Spencers Position erforderlich sind, diese aber keineswegs stärken.

Kapitel VII.
DIE ENTWICKLUNG DES FREIEN WILLENS.

Der Evolutionist kann in Bezug auf den Willen zwei unterschiedliche Theorien vertreten, die beide streng kausal sind und daher wissenschaftlicher und nicht mystischer Natur sind.

Erstens mag er schlicht und einfach an der Doppelaspekt-Theorie festhalten, nach der alle Entwicklungen des Geistes lediglich abhängige Begleiterscheinungen der Entwicklung von Nervenverzweigungen sind, mit dem daraus resultierenden Wachstum von Nervenzellen, Ganglien und dem wichtigeren Nerv Nervengeflechte, die im Wachstum eines Gehirns gipfeln. Er geht davon aus, dass diese Entwicklung eines Nerven- und Gehirnsystems vollständig auf die Einwirkung molekularer und anderer Bewegungen auf eine Masse kolloidaler Substanzen zurückzuführen ist, deren Beschaffenheit unter der Einwirkung dieser äußeren Reize am besten geeignet ist, Linien zu bilden die Übertragung von Bewegungen und die Entladung dieser Bewegungen in bestimmte ansonsten gebildete kontraktile Strukturen, sogenannte Muskeln. Er wird davon ausgehen, dass sie schließlich die Macht erlangen, diese Anträge beizubehalten, so dass die Wirkung aller so verursachten Anträge nicht unmittelbar, sondern aufgeschoben ist. Und da alle empfangenen Bewegungen nicht unmittelbar mit dem Wohlergehen des Organismus zu tun haben, kann er annehmen, dass getrennte Massen nervöser Materie erzeugt werden, in denen diese Bewegungen in organisierter Form gespeichert werden und eher indirekt als direkt mit dem motorischen Apparat in Zusammenhang stehen. Nach dieser Theorie ist das gesamte System der Ursachenbestimmung rein physikalischer Natur. Bei den einfachen Organismen erfolgt die Reaktion der Muskeltätigkeit auf einfallende Bewegungen schnell, direkt und ohne Zögern. Eine solche Aktion wird als Reflex oder automatisch bezeichnet und ist ebenso unbewusst wie chemische Aktivität. Aber wenn das System komplexer wird, wenn sich Nerven kreuzen, wenn Zellen und Verbindungen gebildet werden und insbesondere, wenn die eben erwähnten Bewegungsspeicher gebildet werden; dann kommt es zu Zusammen- und Neuzusammenfügungen der Nervenbewegungen, und je nach der Stärke der verschiedenen Ströme, der Leichtigkeit der Entladung und verschiedenen physischen örtlichen oder allgemeinen Bedingungen wird die Wirkung langsamer und zögernder. Man geht davon aus, dass das Nervensystem unter diesen Umständen bewusst wird. Dann entsteht ein doppelter Aspekt, und die Handlungen, die danach stattfinden, können entweder anhand der Beziehungen der verschiedenen molekularen Bewegungen im Nerven- und Gehirnsystem oder anhand von Gefühlen beschrieben werden. Dennoch ist letzteres lediglich der sekundäre

Aspekt einer Reihe von Veränderungen, die insgesamt durch die Bewegungen und die Struktur des ersteren bestimmt werden. Nach dieser Theorie ist Gedächtnis die wiederbelebte Bewegung einer Nervenstruktur; Gefühl ist ein Bewusstsein der Interaktion zwischen verschiedenen Nervenbewegungen; Gedankengänge sind der Nachhall verschiedenster Bewegungen im gesamten System und im Gehirn; Bewusstsein , das aus der Vermischung der Nervenströme und dem daraus resultierenden Konflikt und der Verzögerung der Wirkungen resultiert.

Das Element des Mysteriums liegt hier im sekundären oder subjektiven Aspekt, aber es wird streng ohne die Linie der Schlussfolgerung platziert und ist lediglich eine ungeklärte Begleiterscheinung einer Reihe von Veränderungen, die ansonsten vollständig erklärt würden.

Eine zweite Theorie – ebenso streng kausal wie die erstere – erkennt das Vorhandensein eines subjektiven Faktors an. In einigen der oben aufgeführten Zitate aus Mr. Spencers „Psychology" ist zu erkennen, dass Mr . Spencer behauptet nicht nur die Entstehung eines sekundären Aspekts, sondern eines zusätzlichen Faktors. Das Geheimnisvolle hier ist das Eindringen dieses zusätzlichen Faktors, der als aktiver Akteur an den Angelegenheiten des Organismus teilnehmen kann. Da es jedoch selbst das Ergebnis von Erfahrungen und der Organisation von Erfahrungen des physischen Nervensystems ist, ist es streng kausaler oder deduktiver Natur und muss nach seinem ungeklärten Ursprung streng in der wissenschaftlichen Reihenfolge der Entwicklung und Wirkung untersucht werden . Ungeachtet dessen, dass es eine Rolle in der Lebensführung spielt und ungeachtet dessen, dass seine Abhängigkeit von der physischen Organisation und Entwicklung so eng ist und dass diese Entwicklung wiederum ohne sie nicht verstanden werden kann – ungeachtet all dieser Unverständlichkeit des Zusammenhangs und unserer Unkenntnis seines Ursprungs, Der Evolutionist hält die geordnete Entwicklung des Organismus und der Handlungen, einschließlich des Subjektiven, als Ergebnis der Beziehungen der ursprünglichen Faktoren aufrecht, auch wenn ihm die Natur der Prozesse im Moment möglicherweise nicht bekannt ist.

Es ist daher ersichtlich, dass er in beiden Fällen die deterministische Theorie des Willens vertritt und glaubt, dass alle beabsichtigten Handlungen durch bereits bestehende Ursachen bestimmt werden, unabhängig davon, ob er diese Ursachen als die Struktur und den Zustand von Nervenzentren oder als Gefühle und Gefühle betrachtet Gedanken, oder ob er sie als einem Gesetz der Korrelation zwischen den beiden zuordenbar ansieht.

Dennoch scheint es die Pflicht aller Autoren zu sein, die sich mit dem Thema Ethik befassen, ihre Position zur Kontroverse um den freien Willen zu definieren. Es versteht sich von selbst, dass wir die deterministische Theorie vorbehaltlos akzeptieren, obwohl es notwendig sein kann, sie mit dem Bewusstsein von Personen mit freiem Willen in Einklang zu bringen.

Wir unterscheiden hier zwischen Theorien des Willens und Theorien des freien Willens. Was wir gerade betrachtet haben, waren Theorien des Willens oder Willens. Sie sind von der deterministischen Ordnung, weil in beiden Fällen die Handlungen vollständig durch vorhergehende Tatsachen bestimmt werden. Man geht davon aus, dass menschliche und alle Handlungen von Organismen lediglich Ergebnisse bereits bestehender Faktoren und ihrer Beziehungen sind. Dies ist die von allen wissenschaftlichen Philosophen vertretene Theorie, die dem, was wir über die Naturwissenschaften wissen, am ähnlichsten ist und am ehesten mit der tatsächlichen Erfahrung menschlichen Verhaltens übereinstimmt. Eine andere Theorie, die zweifellos im Mysterium des sekundären Aspekts oder im Mysterium des Ursprungs des subjektiven Faktors entsteht, leugnet die Starrheit der wissenschaftlichen Ordnung und behauptet das Vorhandensein und die Aktivität eines selbstbestimmenden Faktors und setzt damit willentliches *Handeln* voraus über die wissenschaftliche Ordnung der abhängigen und zusammenhängenden Folgen von Ursache und Wirkung hinaus.

Vielleicht wäre es jedoch richtiger, die Zuversicht, mit der diese Theorie einer selbstbestimmenden Macht manchmal vertreten wird, einer anderen Ursache zuzuschreiben. In allen Menschen steckt das Bewusstsein einer mehr oder weniger ausgeprägten Fähigkeit, ihre eigenen Handlungen zu regulieren; und dieser Prozess der Selbstregulierung wird als unvereinbar mit der deterministischen Theorie angesehen. Es besteht kein Zweifel daran, dass es ein solches Bewusstsein gibt, und wir glauben, dass es auch keinen Zweifel daran geben kann, dass es eine solche Kraft gibt. Der oberflächliche Evolutionist mag in der Tat das Bewusstsein zugeben, das er als sekundären Aspekt widersprüchlicher Nervenströme erklären könnte, und insgeheim über die egoistische Eitelkeit eines vertrauensvollen Mannes lachen, der stolz auf seine Willenskraft ist. Aber wir glauben, dass eine tiefere Erklärung gefunden werden kann, die den Phänomenen besser entspricht, und das bringt uns zurück zu der zu Beginn dieses Abschnitts angedeuteten Unterscheidung zwischen Willens- oder Willenstheorien und Theorien des freien Willens oder die Macht, das eigene Verhalten zu regulieren.

Wille ist im wissenschaftlichen Sinne lediglich Wille, *also* der mentale Zustand, der eine Handlung begleitet oder ihr unmittelbar vorausgeht. Die Art der Handlung, ob gut, schlecht oder gleichgültig, ist unerheblich. Technisch gesehen sind alle Willensäußerungen als solche gleichwertig. Der vorläufige Wille ist der vorläufige Wille. Der Wille eines Menschen ist die Gesamtheit seines Willens während seines gesamten Lebens. Es handelt sich um einen allgemeinen oder Sammelbegriff, der sich auf bewusste Handlungen oder Bewusstseinszustände unmittelbar vor Handlungen bezieht, und ist nicht der Name einer Entität.

Wenn aber der Wille vorerst der Wille ist, unabhängig von irgendwelchen qualitativen Merkmalen, dann müssen wir nach der Anwendbarkeit des Begriffs „Frei" auf ihn fragen. Nun steht dieser Begriff im Gegensatz zu den beiden Begriffen „zurückhaltend" und „eingeschränkt". Wenn also die Handlungen eines Menschen durch den Willen anderer behindert oder gewaltsam verhindert werden, sind die Handlungen dieses Menschen nicht frei. Aber wenn einige der Motive eines Menschen eingeschränkt werden oder seine Handlungen durch die Vorherrschaft anderer seiner Motive eingeschränkt werden – wie zum Beispiel, wenn er Handlungen ausführt, von denen sein Gewissen ihm sagt, dass sie falsch sind – ist sein Wille dann nicht frei? Die Taten sind sein Wollen. Während einige Beweggründe eingeschränkt sind und daher nicht als frei angesehen werden können, sind die anderen, die die Vorherrschaft erlangt haben, dadurch zu seinem Willen geworden; Ihr Wirken beweist ihre Zwanglosigkeit oder Freiheit, und der Wille oder Wille ist immer noch frei. Die Aktion ist ein Beweis der Freiheit. Der Wille ist immer frei. Es gibt verschiedene Arten, aber das ändert nichts an der Schlussfolgerung, dass der Wille seine eigene Freiheit beweist. Der Wille ist immer und unter allen Umständen frei.

Aber obwohl damit die Frage theoretisch gelöst ist, bleibt der gewöhnliche Mensch nicht überzeugt und hält an seinem Glauben an einen freien Willen fest, der nicht nur dieser technische und universelle freie Wille ist, sondern als eine Macht interpretiert werden muss, die er zu besitzen glaubt, zu wählen und seine eigenen Handlungen bestimmen; und wenn wir zu ihm sagen: „Zweifellos haben Sie diese Macht; aber Ihre Wahl und damit Ihr Wille und Ihr daraus resultierendes Handeln werden immer noch auf die gleiche Weise bestimmt, als ob Sie die Macht nicht erkannt hätten", wird er logischerweise Einwände erheben oder unlogischerweise wird er Ihre Position leugnen und an seinem Bewusstsein dessen festhalten, was er seine selbstbestimmende Macht über seine eigenen Handlungen nennt, die er aus der Linie des Determinismus herausstellt, egal wie bedeutungslos oder paradox sich seine Behauptungen auch erweisen mögen.

Es ist dieser Bewusstseinszustand, dieses Festhalten an dem Glauben, den viele Menschen an ihre eigene *Macht zur Selbstbeherrschung* über ihr eigenes allgemeines Verhalten haben, und die meisten Menschen an ihre eigene Kontrolle über einige ihrer Aktivitäten, die die Evolution zwangsläufig zur Rechenschaft ziehen dafür und erklären. Evolutionisten grenzen diesen *praktischen Teil der Frage* nicht ausreichend vom *theoretischen* Teil ab und lassen so das Bewusstsein des sogenannten „Freien Willens" unvollkommen erklären. Sie glauben, dass die Erklärung des freien Willens in einer Erklärung des Willens enthalten ist, und befassen sich daher nur nebenbei und unvollkommen mit der Selbstbestimmung. Die Verwirrung entsteht dadurch, dass der Begriff „Freier Wille" zwei Bedeutungen hat – die theoretische oder wissenschaftliche im Gegensatz zum Determinismus und die praktische Bedeutung, da er die Macht der Selbstbestimmung, Wahl, Anstrengung und Entschlossenheit impliziert.

Dass es eine solche Fähigkeit zur Selbstregulierung gibt, ist eine Tatsache, die in jedem Bereich des gesellschaftlichen Verkehrs anerkannt wird – in der Zuweisung von Lob oder Tadel, in den Lehren des Moralisten, im Auge des Gesetzes und im Bildungsprozess. Jeder Einzelne soll die Kontrolle über seine eigenen Handlungen haben, es sei denn, es handelt sich um solche, die rein automatisch erfolgen. Es wird nicht angenommen, dass Männer für ihre angeborenen Vorlieben oder Fähigkeiten verantwortlich sind; Aber alle Mitglieder der Gemeinschaft werden für ihre Handlungen gegenüber anderen Mitgliedern der Gemeinschaft zur Verantwortung gezogen, und bis zu einem gewissen Grad werden sie in Bezug auf sich selbst als weise oder dumm beurteilt, unter der Annahme, dass sie in der Lage sind, ein beabsichtigtes Verhalten auszuführen . Und selbst wenn sich in verschiedenen Einzelheiten herausstellt, dass sie nicht über eine solche Macht verfügen, wird ihnen oder den Personen, die für ihre frühere Ausbildung verantwortlich waren, die Schuld an ihrem Mangel an dieser Macht gegeben, da sie als einer der charakteristischsten und wertvollsten Besitztümer angesehen wird der Menschheit. So sehen wir, dass vernünftige Eltern von Anfang an bestrebt sind, dem Kind Gewohnheiten beizubringen, sein Temperament und seinen Appetit zu beherrschen. Der Jugendliche, der die Lektionen weiser Ratgeber erhalten hat, der von den Lehren des Christentums durchdrungen wurde, der die Lehren der alten Moralisten in sich aufgenommen hat und seine Ambitionen auf die strengen Beispiele des frühen Griechenlands und Roms ausgerichtet hat, oder der sie gefunden hat Seine Sympathien werden durch die Träume der modernen Philanthropie geweckt und er weiß, dass die Grundlage all seiner persönlichen Größe in seiner Fähigkeit zur Selbstbeherrschung liegt. Es ist kein leeres Geschwätz des Rhetorikers, des Predigers, des philosophischen Romanciers, des Dichters, wenn sie in ihren vielfältigen Darstellungen der Bestrebungen und Kämpfe der edlen Menschheit zur Kultivierung der Willenskräfte auffordern. Es gibt etwas, das die Sympathien des Moralisten in den Appellen des Dichters an die Macht des Willens hervorruft, und es gibt kein größeres Schauspiel in diesem ganzen Universum, als Zeuge des Kampfes der Willenskraft eines Menschen gegen Schwierigkeiten und Widerstände aller Art zu werden; Gleichwohl, wenn der Schauplatz des Konflikts in der Region seines eigenen Herzens und Geistes liegt und nicht im weiteren Bereich des Kampfes ums Leben.

Der Evolutionist muss dies neben den anderen Phänomenen der menschlichen Existenz erklären. Die Prinzipien einer solchen Entwicklung sind in Mr. Spencers „Psychology" enthalten, aber die Entwicklung wird nicht im Detail ausgeführt und ist einer besonderen Untersuchung durchaus würdig. Die Umrisse einer solchen Studie haben wir zuvor grob skizziert; und da die spezielle psychologische Frage von Rev. TW Fowle in der Ausgabe des „Neunzehnten Jahrhunderts" vom März 1881 auf interessante und anregende Weise behandelt wurde, werden wir es zweckmäßig finden, diesen Artikel als Text oder Grundlage unseres Artikels zu verwenden eigene Bemerkungen.

Kurz gesagt scheint das Argument des Autors folgendes zu sein. Im Laufe der Evolution erlangte der Mensch ein Selbstbewusstsein (siehe S. 392). Dieses Selbstbewusstsein führte zunächst zur Selbsterhaltung, dann zur Selbstbehauptung und schließlich zur Selbstgefälligkeit. „Als der Mensch zum ersten Mal die Worte aussprach oder vielmehr den Eindruck verspürte, denen die Sprache später eine bestimmte Form und Kraft verlieh: ‚ *Ich werde* trotz aller Kräfte, die meine Zerstörung umgeben', leben, dann wurde der freie Wille auf der Erde geschaffen."

Beachten Sie hier, dass der Wille im Laufe eines einzigen Satzes in den Freien Willen umgewandelt wird und dass dieser „Freie Wille" einfach eine über äußere Schwierigkeiten siegende menschliche Handlung ist, die daher eher Wille genannt werden sollte, und sicherlich nicht der Freie Wille ist Selbstverwaltung, über die wir jetzt nachdenken. Daher entsteht eine gewisse Verwirrung, wie Zeuge S. 393: – „Wir führen also das Bewusstsein des Menschen über den *freien Willen* auf die Konzentration all seiner vormenschlichen Erfahrungen in einer zwingenden Entschlossenheit zurück, sich selbst zu bewahren, zu behaupten und zu gefallen." Daher ist „Freier Wille" für den Autor einfach der menschliche Wille im Gegensatz zu den Kräften der Natur. Über die äußeren widersprüchlichen Willen anderer wird nichts gesagt, obwohl er sicherlich beabsichtigt, sie auch in die Umgebung einzubeziehen. Gleichzeitig wissen wir nicht, dass es das Studium des jeweiligen betrachteten Punktes erschwert, obwohl diese äußeren Willen einen beträchtlichen Teil der Objekte bilden, die die Aktivitäten des Selbst bestimmen. Da unser besonderer Forschungsgegenstand jedoch *die Selbstverwaltung ist* , hat diese Ausweitung des Verweises auf äußere Kräfte keinen direkten Einfluss auf die Argumentation.

Aber man wird sehen, dass der hier erwähnte Wille oder freie Wille, der als Selbstbehauptung und die Entschlossenheit, sich selbst zu gefallen, definiert wird, Selbstbehauptung im Gegensatz zur Umwelt ist – eine

Selbstbehauptung, die unabhängig von den Eigenschaften oder der Natur der Umwelt besteht Die in diesem Selbst enthaltenen Motive beschließen, trotz aller Widerstände auf der Stelle ihr eigenes Vergnügen auszuleben. Ein solcher Zustand wird in den ersten Selbstbehauptungen der Kindheit, der sogenannten *Eigensinnigkeit*, *gut veranschaulicht*; Denn so wie die Embryologie die Stadien der biologischen Evolution veranschaulicht, so veranschaulicht auch die Kindheit die Stadien der geistigen und moralischen Evolution. Diese Selbstbehauptung spiegelt sich auch im Verhalten der Geisteskranken und der unhöflichen, groben, ungebildeten Massengemüter wider. Dennoch ist es nicht das, was mit freiem Willen gemeint ist, sondern genau das Gegenteil; denn solche Personen gelten als Sklaven ihrer Leidenschaften oder Motive. Dies ist zweifellos egoistischer *Wille*; und daher ist es theoretisch, wie zuvor dargelegt, *frei*: aber es ist nicht der freie Wille, die Selbstverwaltung, nach der wir jetzt suchen. Diese Art der Selbstbehauptung ist die Entschlossenheit, sich selbst zu gefallen, *ungeachtet der Konsequenzen*. Aber wenn man weiß, dass die Konsequenzen auf das Selbst zurückfallen – wenn das *Element der Zeit* berücksichtigt wird und sich herausstellt, dass das Selbst kontinuierlich ist, dann gibt es Nachdenken, und nach und nach gelingt Vorsicht, Zurückhaltung und das Miteinander. Ordination von Handlungen zu einem bestimmten Zweck. Dies ist der Keim der Selbstbestimmung, der fälschlicherweise als identisch mit der Selbstbestimmung des Willens angesehen wird.

Der Begriff „Selbsterhaltung" hat einen weiten und auch einen eingeschränkten Sinn. Es kann einfach das Fortbestehen des Körpers bedeuten; oder wenn das Selbst gleichbedeutend mit der Bewahrung der in diesem Selbst enthaltenen Aktivitäten ist, *was auch immer diese Aktivitäten sein mögen* – Lust, Hass, Wohlwollen, ästhetisches Gefühl usw. – dann impliziert es die kontinuierliche Befriedigung dieser Aktivitäten. Dieses Verständnis von Selbsterhaltung hängt davon ab, wie lange das Selbst voraussichtlich bestehen bleibt. Der religiöse Mensch, der an einen Gott und ein zukünftiges Leben glaubt, bewahrt selbst im Märtyrertod das, was er von sich selbst schätzt – *nämlich sein moralisches und religiöses Wesen*. Aber wenn es kein zukünftiges Leben gibt, dann ist das Selbst, das bewahrt werden muss, das Selbst, wie es ist, was auch immer das sein mag – ob grob oder verfeinert.

Es gibt keine besser anerkannten Merkmale des freien Willens – *dh* der Selbstbestimmung – als die Kraft der Selbstverleugnung, Selbstverleugnung und Selbstaufopferung. Diese können nicht durch eine Definition des freien Willens erklärt werden, die lediglich auf Selbstbehauptung und Selbsterhaltung beruht. Andererseits können Selbsterziehung, die gezielte Veränderung des Charakters und die absichtliche Erlangung von Selbstbeherrschung kaum als mit einfacher Selbstbehauptung vereinbar angesehen werden. Selbstbehauptung ist die Behauptung des Selbst, wie es ist. Der Entschluss zur Veränderung ist die Verleugnung der Selbsterhaltung in Bezug auf das bestehende Selbst. Die Anpassung an die Umwelt, die mit Selbstverleugnung einhergeht, ist das Gegenteil von Selbstbehauptung.

Sollen wir annehmen, dass der vom Menschen vorhergesagte freie Wille ein universeller Besitz aller ist? Wenn es sich um eine *theoretische* Frage handelt, muss zugegeben werden, dass der Wille aller Menschen frei ist. Aber wenn es sich um eine praktische Frage nach der Stärke des Willens im Gegensatz zu äußeren Kräften handelt und man davon ausgeht, dass er im Verhältnis zu seiner relativen Stärke der Selbstbehauptung frei ist, ist der freie Wille sicherlich eine variable Qualität. Wenn es wiederum eine praktische Frage nach der Macht der Selbstverwaltung ist, dürfen wir dann annehmen, dass alle Menschen sie in gleichem Maße haben? Besitzen es der Idiot und der Wahnsinnige, oder ist es im Gegenteil bei den Menschen unterschiedlich ausgeprägt und bei manchen überhaupt nicht?

Der Autor sagt, S. 391: „Von dem Moment an, als das Selbst zum Objekt des Bewusstseins wurde, wurde es auch zum Motiv."

Dieses Selbstbewusstsein ist ein Bewusstsein der Gesamtheit der Aktivitäten, ein Bewusstsein der Einheit dieser Gesamtheit, ein Bewusstsein des Fortbestands dieser Gesamtheit für eine mehr oder weniger sichere Zukunft. Das aus einer solchen Anerkennung resultierende Motiv muss das längste Fortbestehen dieses Selbst, die größtmögliche Befriedigung der Aktivitäten dieses Selbst, die Vermeidung von Schmerzen für dieses Selbst und die Anhäufung weiterer Aktivitäten dieses Selbst sein.

Das Ergebnis dieses Motivs wäre die Koordination von Handlungen, um das endgültige Ziel zu erreichen, das so vor das Gesamtselbst gestellt wird, und die Unterordnung bestimmter Motive an ihre richtigen Stellen im Koordinationsschema. Aber da das gesamte Selbst in Beziehung zur Umgebung steht, muss diese physische oder gesellschaftliche Umgebung berücksichtigt werden; Und da die Konsequenzen von Handlungen zu einem späteren Zeitpunkt auf den Einzelnen zurückfallen, müssen die Ergebnisse von Handlungen berücksichtigt werden. Daher wird ein großes Maß an rationaler Überlegung und Beurteilung der Eventualitäten des Verhaltens im Hinblick auf das „Gesamtselbst" in die Tat umgesetzt; und schließlich wird festgestellt, dass das Handeln eine von zwei Formen annehmen muss: Entweder muss die Umwelt an den Organismus angepasst werden – dies ist eine Form des Willens – oder der Organismus muss an die Umgebung angepasst werden – dies ist freier Wille oder Selbstverwaltung – *dh* der freie Wille, wie er hier verstanden wird. Dies ist die Lösung, die in der Aussage des Autors zum Ausdruck kommt, dass „das Selbst von dem Moment an, in dem es zum Objekt des Bewusstseins wurde, auch zum Motiv wurde".

Diese rationale Sichtweise des Selbst als einer Ansammlung von Fähigkeiten und Motiven, die wahrscheinlich über einen bestimmten Zeitraum bestehen bleiben und von einer sozialen Umgebung umgeben sind, die es in hohem Maße geformt hat und die einen kontinuierlichen Druck auf es ausübt, bringt die Beziehung von „Frei" hervor Wille zur Ethik in der Tatsache, dass die erworbene Macht der Selbstbestimmung berücksichtigt werden muss, soweit sie in den Individuen vorhanden ist, die gesellschaftliche Zwänge und Zustimmungen bilden, und soweit das Ich sich dem normalen Standard annähert Er regelt seine eigenen Sympathien, die in einer gebildeten Gemeinschaft zusammen die persönliche Verantwortung gegenüber dem ethischen Gesetz ausmachen und das Ethische im Unterschied zum bloß altruistischen Motiv liefern.

Die Definition des Lebens durch den Evolutionisten ist „die kontinuierliche Anpassung der inneren zur äußeren Beziehung" oder des Organismus an die Umwelt. Die Prinzipien und Ergebnisse dieser kontinuierlichen Anpassung in den Veränderungen von Struktur und Funktion und deren Übertragung durch Vererbung in allmählich dauerhafter etablierte Formen sind aus den Schriften von Herrn Darwin, Herrn Spencer und anderen gut verstanden.

Der Entwicklungsfortschritt des Menschengeschlechts bestand in der *Herstellung* eindeutiger und dauerhafter Korrespondenzen zwischen Organismus und Umwelt. Warum es zu einer solch großartigen Entwicklung kommen konnte, wie sie tatsächlich stattgefunden hat, liegt außerhalb der Grenzen unseres Themas; Aber wenn die Evolution wahr ist, bleibt die Tatsache bestehen, dass der menschliche Organismus die Zahl seiner Entsprechungen entsprechend der zunehmenden Komplexität seiner Umgebung kontinuierlich erhöht hat. Grob lässt sich dieser Aufbau von Beziehungen zur Außenwelt in zwei Abschnitte einteilen, die jeweils eine große Vielfalt an Einzelheiten enthalten. Erstens die Klasse der Erkenntnisse, einschließlich der Kenntnis der physischen Welt, des Feldes, des Waldes, des Baches, der Tiere, des Himmels und der Himmelskörper sowie der Kenntnis der Menschen und ihrer Verhaltensweisen in der Gesellschaft; zweitens die Klasse der direkten Beziehungen zu anderen Individuen, wie etwa die Beziehungen von Ehefrau, Kindern, Eltern, Häuptlingen, die auch Eigentum umfassen und Gefühle wie Liebe, Freundschaft, Hass, Gerechtigkeit und andere soziale Zuneigungen hervorrufen.

Die Herstellung einer Korrespondenz zwischen dem Organismus und der Umwelt, die so eindeutig ist, dass sie durch Vererbung weitergegeben wird, erfordert die Festlegung von Motiven. Der Magen ohne Nahrung verspürt Hunger, ein Verlangen und bildet ein Motiv. Das Gleiche gilt für die anderen

Organe und auch für alle anderen etablierten Beziehungen, die im Organismus verwoben sind. So subtil und verfeinert eine etablierte Beziehung auch sein mag, aber weniger im Verhältnis zu ihrer späteren Entwicklungsordnung, sondern direkt in ihrer Existenznotwendigkeit, also in ihrer Kraft. Es verspürt ein Bedürfnis in Bezug auf sein Gegenstück, und dieses Bedürfnis wird zum Motiv oder Anreiz für seine eigene Befriedigung.

Die Arten von Handlungen können dann unterschieden werden als:

Das Funktionale, wie die Tätigkeit des Herzens, des Darms usw. Dies geschieht völlig unfreiwillig.

Das emotionale Unwillkürliche, wie die Gefühle und Wünsche, und der muskuläre Ausdruck einiger von ihnen, wie beim Lachen, Weinen usw.

Der emotionale Wille oder die Handlungen, die von den Emotionen ausgehen und die Muskeln auf die Mittel ihrer Befriedigung beschränken.

Hier muss das Rational Volitional hinzugefügt werden; und wenn die rationale Wahl von Handlungen und die Anordnung von Verhalten, bei der Emotionen und Leidenschaften als Faktoren einer allgemeinen Einschätzung oder eines Urteils eine untergeordnete Rolle spielen, als Anerkennung des „Selbst als Objekt" und die Etablierung eines interpretiert werden können In Übereinstimmung damit kann das vom Essayisten vorgebrachte „Motiv des Selbst" als das höchste Motiv der Klasse der emotionalen Willenskraft angesehen werden. So etabliert sich das Selbst als dauerhaftes Ganzes als das vorherrschende Objekt im Geist des Egos, zu dem sich die Motive des Individuums in Kontinuität und in der Ausweitung der Beziehungen hinwenden und ihm alle spezielleren Motive zuordnen ; und die Macht der Selbstverwaltung in höherem Maße weiterzuentwickeln.

Auf diese Weise wird Selbstverwaltung oder freier Wille als ein natürlicher Besitz der Menschheit und eine ihrer höchsten und charakteristischsten Errungenschaften erklärt und bestätigt. Gleichzeitig wurde festgestellt, dass es mit einem deterministischen Schema vereinbar ist und nicht die Unterstützung einer unverständlichen selbstbestimmenden Macht seitens des Ego erfordert. Die deterministische Theorie in Bezug auf die Handlungen und Verhaltensweisen eines Individuums ist jedoch in ihrem Geltungsbereich nicht so eng. Es erkennt eine Vielzahl von Bedingungen als mehr oder weniger direkte oder entfernte Ursachen von Handlungen an. Es erkennt –

Vererbung werden die körperlichen Qualitäten sowie die emotionalen und intellektuellen Tendenzen der Eltern, die aufgrund der Vermischung mehr oder weniger unklar sind, auf die Nachkommen übertragen. Das Kind wird mit einer bestimmten ererbten Konstitution geboren, die möglicherweise einen Entwicklungsverlauf über bestimmte physiologische Veränderungen bis hin zum Verfall und Alter beinhaltet. Diese Konstitution hat einen bestimmten Charakter und hat bestimmte Proportionen der Teile, wie Kopf, Brust, Bauch usw., und bestimmte Beziehungen der Systeme, wie Nerven, Gefäße, Muskeln, Eingeweide usw., und teilweise auch als Folge davon Daher besitzt das Kind auch geistige und moralische Tendenzen, die zwar sehr beeinflussbar sind, aber in erster Linie erblich bedingt sind.

Aktion der Umwelt. – Vom Augenblick der Geburt an (oder schon früher) kommt der Organismus mit sehr komplexen Bedingungen in Berührung, die seinen Entwicklungsverlauf auf vielfältige Weise beeinflussen. Die geeigneten oder ungeeigneten Bedingungen der Gesundheit der Mutter, Ernährung, Wärme, Schlaf usw. beeinflussen die Entwicklung des Kindes; und von da an haben die Bedingungen der Ernährung, der Ernährung, des Klimas, der Exposition, der Krankheit, des Unfalls usw. während des gesamten Lebens starke und erkennbare Auswirkungen auf den Organismus, sowohl körperlich als auch geistig.

Allgemeiner Unterricht oder die Erziehung durch Kontakt mit den Familienmitgliedern, Spielkameraden, Gefährten und der großen Gruppe der Personen in der Umgebung, mit denen das Kind oder der Jugendliche in Kontakt kommt, in den allgemeinen Ton und die Grundsätze seines Alters und Landes , Klasse oder Sekte, formte ihn nach und nach in ein bestimmtes Muster, formte die allgemeine Art seines Lebens und formte in ihm auch bestimmte Verhaltensstandards, bestimmte moralische oder zeremonielle Pflichtkodizes, bestimmte Bräuche, Moden usw indem er ihm die theologischen oder sonstigen Überzeugungen seiner Zeit einpflanzte.

Sonderunterricht. – Der Unterricht wirkt sich auf die Gesamtheit der Aktivitäten des Einzelnen aus, je nach der Art der Ausbildung, ihrer Eignung oder Ungeeignetheit, ihrer Beharrlichkeit und der ausgeübten Kraft. Der Wert einer langen direkten Ausbildung ist in allen zivilisierten Gemeinschaften wohlbekannt und wird in der Neuzeit als eines der großartigsten Mittel zur Erzielung einer allgemeinen Verbesserung der Gesellschaft anerkannt, wenn sie nur gründlich angewendet werden könnte.

Die Erziehung der Umstände beeinflusst nicht nur die körperliche Konstitution, sondern in hohem Maße auch die geistigen und moralischen Qualitäten des Einzelnen. Und da diese Umstände sehr unterschiedlich sind und die erblichen Tendenzen sehr unterschiedlich sind, werden die Ergebnisse bei verschiedenen Individuen sehr unterschiedlich sein; aber es besteht kein Zweifel daran, dass es sich um einen Zustand der Armut oder des Wohlstands, guten oder schlechten Umgangs, Vernachlässigung oder übermäßiger Herrschaft, eines einsamen oder sozialen Zustands, der Umgebung einer Stadt oder eines Landes, des Status der Eltern, der Art und der Einrichtungen für Vergnügungen und Studien handelt , der Grad der frühen Verantwortung, die Art der beruflichen Tätigkeit oder einer anderen Nebenbeschäftigung haben großen Einfluss auf das Verhalten und verändern die Motive des Einzelnen.

Und es ist wunderbar in einem hochentwickelten und komplexen Zustand der Gesellschaft, in dem der Besitz von großem Reichtum eine große Freizeitklasse schafft und die enorme Aktivität, die das Ganze durchdringt, immer dazu neigt, die darin enthaltenen Organismen in jede mögliche Beziehung zur Außenwelt zu bringen mit jeder Beziehung, die in ihrer eigenen komplexen sozialen Mischung entstehen kann – es ist wunderbar, sagen wir, unter solchen Umständen, wie viele Motive entstehen. Die Beziehungen erstrecken sich auf die Vergangenheit und die Zukunft. Die dürftigsten, flüchtigsten und zufälligsten Beziehungen werden mehr oder weniger zu Handlungsmotiven, verfestigen sich mehr oder weniger im Individuum und werden mehr oder weniger an die Nachwelt weitergegeben. Neben der großen Zahl dieser Beziehungen gibt es noch einen Unterschied in der Art. Viele sind konkreter Natur; wie zum Beispiel die Liebe zu Hunden, Pferden usw.; andere haben eine sehr abstrakte Beschreibung. Letztere sind hauptsächlich das Ergebnis sozialer und intellektueller Beziehungen. Sie sind Verallgemeinerungen des Verhaltens oder Abstraktionen des Intellekts. Tugend, ideales Verhalten, Gerechtigkeit, Schönheit, Wahrheit, Wissenschaft, Philosophie, eine vervollkommnete Menschheit werden sozusagen zu realisierten Abstraktionen, mit denen eine Beziehung hergestellt wird und die daher die Gestalt von Motiven annehmen, die nach Mitteln zur Befriedigung suchen . Wir erkennen die Tatsache an, dass Abstraktionen zu Objekten von Motiven werden können, im Unterschied zu den konkreten Objekten, die eindeutig mit entsprechenden Affektionen des Organismus in Beziehung stehen. Diese Abstraktionen wachsen zu bestimmten Teilen des Selbst heran, und wenn sie in einem Individuum weitestgehend vorherrschen, wird er lieber zum Märtyrer werden, als seine Hingabe an sie aufzugeben. Er wird sie als den Hauptteil seines Selbst betrachten und lieber seinen Körper sterben lassen, als gegen sie vorzugehen. Solche organischen Abstraktionen können tatsächlich zu Objekten der stärksten Leidenschaften werden, vor denen konkrete Objekte in völlige Bedeutungslosigkeit versinken. Wir haben herausgefunden, dass die Anerkennung des kontinuierlichen oder „totalen Selbst" zu einem solchen Objekt werden und die Etablierung eines entsprechenden Motivs auslösen kann.

Zu Beginn unterscheiden wir das Gebiet der Vernunft, zu dem die Berechnung der Ergebnisse von Handlungen und die Entwicklung der besten Mittel gehören, um ein gewünschtes Ziel zu erreichen, ohne Schmerzen und Unannehmlichkeiten zu verursachen. Wenn ein bestimmtes Ziel angestrebt wird, muss der Intellekt das Ergebnis verschiedener

Methoden zur Erzielung des gewünschten Ergebnisses vorhersagen und diejenige erkennen, die das Ziel mit den geringsten Nachteilen sichert. Das Ende kann gut oder schlecht sein; Die Beweggründe können höchster und großzügiger Natur sein, aber auch die schlechtesten. Dennoch muss sorgfältig überlegt werden, wie dies am besten sichergestellt werden kann. Was wäre das Ergebnis, wenn ich das tun würde? Wäre es andererseits nicht besser, das zu tun? Man wird sehen, dass es hier keine Wahl zwischen Motiven gibt, keinen Streit zwischen widersprüchlichen Prinzipien und Leidenschaften, sondern nur eine Art mentales Kalkül oder intellektuelles Ingenieurswesen. Dieser Geisteszustand wird manchmal als Ausdruck einer Entscheidung angesehen, und das mag auch so sein; aber es handelt sich um eine andere Art als die Selbstverwaltung, der wir uns jetzt nähern.

Als eine Kraft sehr allmählichen Wachstums müssen wir jene Erkenntnis betrachten (mit ihrer anschließenden Etablierung als Objekt und Motiv im menschlichen Organismus), die das Selbst als Ganzes erkennt – als Ganzes zu einem gegebenen Zeitpunkt und als sich ausdehnendes Ganzes über siebzig Jahre und vielleicht auf unbestimmte Zeit länger!

Das gesamte Selbst des Menschen kann zum Objekt des Denkens und dieses Objekt zum Motiv werden, im Unterschied zu den einzelnen Motiven, aus denen es besteht. Das zukünftige Selbst des Menschen kann sowohl Gegenstand des Denkens als auch der Gegenwart sein; und das kontinuierliche Selbst des Menschen kann zu einem ständigen und alles beherrschenden Objekt der Achtung und des Interesses werden – zu einem alles absorbierenden Motiv. In der Tat mag dies so weit gehen, dass das lange, kontinuierliche Selbst, das nach dem Tod ins Auge gefasst wird, so sehr ein Motivobjekt gewesen sein könnte und gewesen ist, dass es jedes Interesse der Gegenwart überschattet und in den Schatten stellt. Und wenn dieses kontinuierliche Selbst von der Vernunft als das vollständige Objekt, das einzige und wichtigste Motiv anerkannt wird – und das muss so sein, da es jedes Motiv zu jedem Zeitpunkt umfasst –, dann stimmt die Vernunft ihm zu und beansprucht für ihn eine *herrschende* Position , ein Anspruch, vor dem jeder andere nachgeben muss. Es besteht kein Zweifel daran, dass dies in allen ethischen Büchern und in allen verbalen Geboten für einen guten Rat im Wesentlichen gelehrt wird, wenn auch in unterschiedlicher Darlegung.

Die Psychogenie dieser Entwicklung des kontinuierlichen Selbst zu einem Objekt und einem Motiv liegt in der intellektuellen Anerkennung der tatsächlichen Ordnung, die die Natur in den Lebensprozessen aufweist. Es ist die Harmonisierung der Willenshandlungen mit den Gesetzen der natürlichen Veränderung. Wir haben gesehen, dass der Prozess des Lebens die kontinuierliche Anpassung des Organismus an die Umwelt ist. Dies ist jedoch ein natürlicher, nicht gewollter Prozess. Eine Veränderung der Umwelt führt zu einer entsprechenden Veränderung des Organismus. Wenn

Erkenntnisse entwickelt werden, werden die Handlungsabläufe vorhergesehen, die Veränderungen der Umwelt werden vorhergesehen, die Entwicklungen des Organismus werden vorhergesehen; Es werden alle Faktoren verallgemeinert und logische Schlussfolgerungen hinsichtlich der notwendigen Anpassungen gezogen. Dann folgt eine rationale oder absichtliche Anpassung von Organismus und Umwelt aufgrund des gerade betrachteten Motivs des Selbst; Diese rationale oder absichtliche Anpassung kann entweder zufällig oder kontinuierlich erfolgen, und die Anpassung kann entweder des Organismus oder der Umwelt erfolgen. Und bei dieser Berechnung muss das Verhältnis des Individuums zur Masse der Individuen, aus denen die Gesellschaft besteht, berücksichtigt werden.

Ein Mensch, der auf sein kontinuierliches Selbst Rücksicht nimmt, befindet sich in einer bestimmten Lage. Das Motiv, das sich auf das kontinuierliche Selbst bezieht, bestimmt, dass sein Verhalten durch die beste Achtung dieses kontinuierlichen Selbst bestimmt wird. Und es muss sofort zugegeben werden, dass es sich technisch gesehen nicht qualitativ um eine Abstraktion wie Tugend usw. handelt, es sei denn, Tugend wird tatsächlich als die Herstellung einer solchen Harmonie interpretiert, sondern bezieht sich lediglich auf die Herstellung des Höchsten für den Rest seines Lebens eine harmonische Korrespondenz zwischen ihm und seiner Umwelt. Es könnte sein, dass ein solcher Beschluss zu einem System der Ethik führen würde, aber wir möchten die Betrachtung auf unser spezielles Thema beschränken.

Und erstens müssen wir den *quantitativen* Charakter einer solchen Anpassung erkennen. Das Selbst ist von einer riesigen und hochkomplexen Umgebung umgeben; Aber es kann aus Vererbung, aus Mangel an Bildung oder aus perverser Bildung ein sehr engstirniges, armes, dürftiges, kleines Selbst sein, das nur sehr wenige, schwache, schwache Korrespondenzen mit der Umwelt hat. Ein Schwein im Schweinestall mag sich gut an seine Umgebung angepasst haben; aber seine Korrespondenzen mit der Außenwelt sind zahlreich und von geringer Intensität. Wir würden daher mit Herrn Spencer als Konsequenz der kontinuierlichen Anpassung des Organismus und der Umwelt behaupten, dass es sich nicht nur um die Etablierung eines bequemen *Modus vivendi* handelt, sondern um eine Anpassung des Organismus durch Vergrößerung der Anzahl seiner Korrespondenzen mit der Umwelt. um die Anpassung zwischen Organismus und Umwelt perfekter zu machen, indem ersterer mit letzterer koextensiv gemacht wird. Im Verhältnis zur Anzahl der Interessenpunkte oder Korrespondenzen, die zwischen Organismus und Umwelt hergestellt werden, ist auch die Perfektion des kontinuierlichen Selbst proportional. Auf diese Weise ist der freie Wille oder die Selbstherrschaft ihrem Wesen nach mit der Vorstellung eines kontinuierlichen Selbst verbunden, gegenüber dem sie als Objekt eines Motivs agiert, und besitzt auch eine ethische Bedeutung im Hinblick auf die

Erweiterung der Entsprechungen mit dem Selbst Außenwelt. Denn was ist an der Außenwelt von größerem Interesse als die subjektiven Individuen unserer Umgebung, die Gesellschaft, der wir angehören, die mysteriöse Vergangenheit, aus der wir hervorgegangen sind, und die abhängigen Nationen der Zukunft, die wir mitgestalten?

Es ist offensichtlich, dass auf diese Weise das kontinuierliche Selbst als Objekt etabliert wird, dessen Verwirklichung die herrschende Macht bei der Regulierung des Verhaltens sein soll (sei es nun das vollständige Selbst, das wir gerade betrachtet haben, oder das unvollständige Selbst, das uns möglicherweise widerfährt). zu sein und damit ziemlich zufrieden zu sein) wird immer ein gewisses Maß an Selbstregulierung notwendig sein, um das angestrebte Ziel zu erreichen, und bei gelegentlichen Krisen wird ein sehr großes Maß an Kampf und Anstrengung erforderlich sein um den Einfluss eines aktiven Motivs niederzuschlagen, das durch seine hastige und blinde Befriedigung das Ergebnis der bereits als die beste beschlossenen Verhaltensweise verderben würde. Hier kommt es zum Konflikt zwischen Leidenschaft und Vernunft und zwischen Impuls und Klugheit, der in unserem Studium wirklich von größtem praktischen Interesse ist.

Und hier finden wir als eines der Hauptmotive in einem solchen Konflikt das Motiv der *Rücksichtnahme auf das kontinuierliche Selbst* . Es ist nicht immer ein herrschendes Motiv. Es ist am besten, dass es so ist. Das Ziel von Bildung und Selbstkultur besteht darin, dies zu erreichen. Aber auf jeden Fall ist es ein Motiv, und zwar ein starkes. Im Verhältnis zu seiner Vorherrschaft ist das Ausmaß der Selbstherrschaft, der Selbstbeherrschung und, wie wir es lesen, des freien Willens.

So wird die rationale Selbstachtung als Motiv erkannt. Der rationale Willen wird zum emotionalen Willen. Sie wurde in vielen Philosophien unter verschiedenen Namen anerkannt, manchmal als Motiv, manchmal als das Selbst des Selbst selbst und manchmal mit dem Begriff „selbstbestimmende Macht" usw. bezeichnet; aber sein wahrer Charakter und seine Entstehung lassen sich am besten durch die Evolution erklären.

Die große praktische Frage lautet: Hat der Mensch die Macht, zwischen seinen Motiven zu wählen? Verfügt er über die gepriesene Macht der Selbstverwaltung? und kann er es kultivieren?

Wir können nur antworten, dass es tatsächlich einige Männer gibt und andere nicht; die manche in mancher Hinsicht haben und in anderer nicht. Es besteht die Möglichkeit, dass die meisten Männer durch eine vernünftige Selbstkultur in erheblichem Maße die Macht der Selbstverwaltung erlangen können, und in der Erziehung der Jugend, insbesondere in der Heimerziehung, dürfte in dieser Hinsicht ein sehr hoher Standard herrschen erreicht. Einige schwache Geister und flatterhafte oder leidenschaftliche

Naturen sowie Idioten sind möglicherweise nicht in der Lage, es zu erreichen, und einige Narren verlieren es möglicherweise, nachdem sie es erreicht haben. Aber als allgemeine Regel und als sichere Tatsache, die jeder akzeptieren kann, können wir sagen, dass die meisten Menschen ein hohes Maß an Selbstverwaltung erreichen können und dass der Besitz davon größtenteils Glück bedeutet.

Wenn wir also die Aussage des Essayisten übernehmen: „Von dem Moment an, in dem das Selbst zum Objekt des Bewusstseins wurde, wurde es auch zum Motiv", würden wir das Element der Zeit hinzufügen und ein kontinuierliches Selbst erkennen. Wenn wir die Aussage dann als Teil der allgemeinen Evolution des Lebens – das heißt der kontinuierlichen Anpassung von Organismus und Umwelt – an eine untergeordnete Stelle stellen und das Wachstum der Vernunft anerkennen, würden wir den Handlungsverlauf, der sich aus all diesen Faktoren ergibt, als definieren *die rationale quantitative und kontinuierliche Anpassung von Organismus und Umwelt* . Dies ist die evolutionistische Formel des freien Willens oder der Selbstverwaltung.

Somit erhält das Bewusstsein der Wahl und der Macht der Selbstverwaltung eine Erklärung zur Entwicklung der deterministischen Hypothese in dieser Hinsicht, dass die Anerkennung des kontinuierlichen Selbst als Gegenstand des Denkens und als wichtiger Gegenstand des Interesses und der Wertschätzung dadurch zu einem *wird Motiv, das Handeln und Verhalten bestimmt* , auch gegenüber den unmittelbaren Dringlichkeiten der Leidenschaft. Der Determinismus wird somit als korrekte Theorie anerkannt, aber die Würde des Anspruchs auf Selbstverwaltung und freie Wahl wird bestätigt, und die Verwirklichung dieses Anspruchs durch die meisten Menschen erweist sich als sowohl wünschenswert als auch machbar.

KAPITEL VIII.
EVOLUTION, ETHIK UND RELIGION.

Die Erkenntnis der letzten Tendenzen der Evolution legt zwei weitere Untersuchungen nahe, eine hinsichtlich der persönlichen Beziehung zu dem fernen Ergebnis und eine hinsichtlich des Ursprungs eines solchen eindeutigen Fortschritts.

Vielleicht hängt die Betrachtung der ersteren Frage mit der letzteren zusammen. Dennoch geben sich die Comtisten im Rahmen der früheren, begrenzteren Untersuchung damit zufrieden, sich auszuruhen. Für sie genügen die engen Grenzen der Geschichte und ihre unmittelbare Perspektive. Für das Glaubensbekenntnis des Comtisten genügt das, was tatsächlich über die Menschheit aufgezeichnet wird und was sich darin tatsächlich offenbart, zusammen mit den Hinweisen auf ihre Möglichkeiten. Der von der Evolution hervorgebrachte Positivist verehrt seine Sache unter dem Namen der Menschheit und arbeitet auf das evolutionistische Ideal von Herrn Spencer hin. Er sucht keine Rechtfertigung in der Philosophie. Das Produkt der Evolution – er handelt aus einem inneren Impuls heraus und erfordert keine Autorität. Er kann sich bei der Einprägung seiner Anbetung auf niemanden berufen, außer auf die natürliche Reaktion, die in den Herzen derer zu finden ist, die die gleiche intellektuelle und sympathische Position einnehmen. Aber das ist letztlich nur eine teilweise Erfassung des Grundproblems der Geschichte. Es ist eine vorübergehende oder unbefristete Aufgabe des intellektuellen Problems, obwohl es eine Anerkennung der Weiterentwicklung der humanitären Evolution darstellt. Die Geschichte und die Tendenzen werden gleichermaßen durch die Philosophie des Evolutionisten erklärt. Welche Position vertritt der Evolutionist dann zum Problem der Religion, und welche praktische Bedeutung hat diese für die Ethik oder moralische Verpflichtung?

Die Antwort auf diese Fragen hängt davon ab, was unter der Evolutionstheorie zu verstehen ist. Wenn mit Evolution ein vollständiges System von Erklärungen gemeint ist, durch das alle Ereignisse in allen Bereichen des menschlichen Wissens, die sich über die gesamte aufgezeichnete und vermutete Geschichte erstrecken, verständlich als Ergebnisse der Wechselbeziehung ursprünglicher Faktoren erklärt werden, von denen wir Wenn wir ein klares Verständnis dafür haben, dass die logische Ordnung zu einem Bild der historischen Ordnung wird, dann hängt unsere Einschätzung der Evolution von unserer Einschätzung der ursprünglichen Faktoren ab. Wenn davon ausgegangen wird, dass es sich um etwa siebzig handelt und dass es sich dabei um Elemente handelt, über die in der Chemie eine vollständige Beschreibung gegeben wird, und dass sie allgemeinen Gesetzen unterliegen, wie sie beispielsweise in Werken zur Physik beschrieben werden, dann muss unser Respekt für die Evolution gelten Dies liegt zum einen an der Ehrfurcht, die wir vor Chemie, Elektrizität, Wärme, Gravitation und dergleichen haben, und unser Verhalten muss – wenn wir mit den eventuellen Tendenzen der Evolution übereinstimmen wollen – mit dem in Einklang gebracht werden, was wir für die ultimativen Tendenzen halten der Entwicklung dieser Faktoren, nämlich ihres endgültigen Gleichgewichts im universellen Ruhezustand. Nach dieser Auffassung ist das Leben eine Unterbrechung des Prozesses und ein Widerspruch zur kosmischen Absicht.

Diese Sicht der Evolution wird nicht durch die Theorie gerettet, dass hinter diesen chemischen Affinitäten und physikalischen Beziehungen eine unerkennbare Kraft steckt, deren Manifestationen sie nur sind: denn die Macht ist nicht unerkennbar, wenn ihre Manifestationen auf diese bekannten Manifestationen beschränkt sind; und wenn sie nicht so begrenzt sind, sondern auf andere Weise mit neuen Faktoren arbeiten, die nicht in unserer Schätzung enthalten sind, dann ist unser Erklärungssystem fehlerhaft und muss aufgegeben oder geändert werden. Die Erkenntnis einer unerkennbaren Kraft hinter Chemie und Physik, die jedoch durch die Gesetze der Chemie und Physik begrenzt ist, entspricht nur unserer Einschätzung von Chemie und Physik. Wir könnten es nur mit „Oh mein Gott, Chemie!" ansprechen. Oh mein Herr Physiker!

Aber wir haben in unseren früheren Kritiken gezeigt, dass diese Sicht der Evolution, die sich mit rein physikalischen Faktoren befasst, nicht ausreicht, um die kosmische Geschichte zu erklären. Wir haben Herrn Spencers Versuche, die biologische Entwicklung auf diese Weise zu erklären, negativ kritisiert; und wir haben auf die Notwendigkeit hingewiesen, anzunehmen, dass in der biologischen Evolution noch andere überlegene Faktoren vorhanden sind. Wir wissen nicht, dass Herr Spencer dies bestreitet – sein Werk ist zu vage und inkonsistent, als dass wir genau sagen könnten, was er lehrt und was nicht. Aber die Aufnahme zusätzlicher Faktoren zerstört die Evolutionstheorie nicht. Darwin und Spencer sowie die moderne Schule haben unbestreitbar die Tatsache einer geordneten Entwicklung im Kosmos nachgewiesen. Wir sind daher gezwungen, sowohl die Evolution als auch das Vorhandensein eines über die chemischen und physikalischen Faktoren hinausgehenden Faktors in der Biologie und wahrscheinlich auch in Bezug auf alle Veränderungen vor den Anfängen des Lebens anzuerkennen. Wir kennen die Natur dieses Faktors nicht und wissen auch nicht, wie sein Gesetz, da es eine geordnete Beziehung zu chemischen und physikalischen Ereignissen hat, so ausgedrückt werden soll, dass wir verstehen können, wie Organismen entstanden und entwickelt wurden. Hier können wir zwar eine

Macht erkennen, und zwar eine unergründliche; aber insofern sie unergründlich ist, verdirbt sie unsere Philosophie – unsere Erklärungssysteme – und lacht über unsere Formeln.

Aber was haben wir gewonnen, wenn es uns gelingt, zielgerichtete Handlungen als Vorfälle in einem Gleichgewichtsprozess zu etablieren? Wir haben eine wissenschaftliche Erklärung aller zielgerichteten Handlungen sowie aller Handlungen von Organismen im Allgemeinen gewonnen. Sie stehen alle auf der gleichen Grundlage – das heißt, sie sind alle gleichermaßen als Teile des universellen Prozesses erklärbar. Sie sind alle gleichermaßen Gleichgewichte und daher in ihrer Reihenfolge ihres Auftretens gerechtfertigt. Sie haben den gleichen Rang als Ereignisse in einer Kausalkette, die durch das Gesetz des Gleichgewichts erklärbar ist.

Anscheinend ist alles richtig, was ist. Die Äquilibrierung kennt keinen Unterschied hinsichtlich der Qualität von Handlungen. Diese Unterscheidung kann durch den Gleichgewichtszustand erklärt werden , kann jedoch ebenso wenig durch ihn als Gesetz für zukünftiges Verhalten gerechtfertigt werden wie durch irgendein anderes Ereignis im Verlauf des Gleichgewichtsverlaufs. Wenn sich bestimmte Lebensgesetze durchsetzen, dann müssen sich bewegende Gleichgewichte, die diese Tatsache erkennen können, entsprechend handeln – sie müssen sich an die Umwelt anpassen: Dies hindert den Organismus jedoch nicht daran, die Umwelt, wenn er kann, durch Veränderung oder Veränderung an sich selbst anzupassen es zu überwinden – das ist lediglich eine Frage des Gleichgewichts. Das Gesetz der Biologie wird es ihm ermöglichen, mit einer widrigen Umwelt auf viele Arten umzugehen, nämlich durch Konformität, durch Flucht, um seine Individualität zu bewahren, und durch Veränderung oder Überwindung der Umwelt. Wenn die Kräfte der Umwelt mächtig und allgegenwärtig sind, dann ist Konformität die einzige Ressource. Es handelt sich nur um die Überlegenheit der Kräfte, und die daraus resultierende Konformität ist lediglich eine Frage des Gleichgewichts. Es ist nicht so, dass das Gleichgewicht bestimmten Handlungen eine besondere Heiligkeit oder Qualität verleiht. Sozialer Druck erzwingt individuellen Druck – der gegenseitige Zwang der Gesellschaft ist Gleichgewicht – das Ergebnis dieses Gleichgewichts, was auch immer es ist, ist eine variable Ethik. Die Anerkennung großer Pflichten und großer Fehler, die Tatsachen moralischer Billigung und Verurteilung, die Phänomene eines privaten und öffentlichen Gewissens sind alle als Gleichgewichte erklärbar: aber da alles, was ist, ein Gleichgewicht ist, geht es nicht von den Gesetzen des Gleichgewichts aus Eine etablierte moralische Unterscheidung oder Verpflichtung kann für einen einzigen Tag im Voraus als Orientierungshilfe gerechtfertigt werden. In der so betrachteten Ethik gibt es weder örtlich noch zeitlich eine

Universalität. Die Rechtfertigung der Ethik aus der Sicht der Evolution muss aus anderen Gründen als dem eines kosmischen Gleichgewichts gesucht werden.

Es ist schwer zu sagen, welche Stützung die praktische Ethik durch die Evolutionstheorie erhält. Demnach ist Ethik eine Geschichte und eine Vorhersage; aber da in keinem Individuum (als Ergebnis eines Wachstums) der moralische Sinn vorhanden ist, für den die Evolution angeblich verantwortlich ist, gilt die Vorhersage nur für zukünftige Generationen; und es ist schwer zu erkennen, dass die praktische Ethik für eine solche Person irgendeine intrinsische Autorität hat. Und selbst wenn der moralische Sinn und der soziale Druck (die in der praktischen Ethik jeweils die intrinsische und die extrinsische Autorität darstellen) ausreichen, um moralisches Verhalten durchzusetzen, dann ist das Verständnis dafür, wie beide zu einer solchen Befehlsgewalt gelangten, verleiht ihnen keine zusätzliche Autorität, sondern schmälert auf den ersten Blick eher ihr heiliges Ansehen. Das Vertrauen des Philosophen wird jedoch bald wiederhergestellt, wenn er bedenkt, dass trotz des Scheiterns seiner Theorie, moralische Durchsetzungsmaßnahmen intellektuell zu begründen, die großen Kräfte, die sowohl die intrinsischen als auch die extrinsischen ethischen Autoritäten hervorgebracht haben, immer noch am Werk sind und noch stärker werden müssen und mehr setzen sich durch. Wenn es sich hierbei um natürliche Entwicklungen handelt, wird die Bewegung in den Herzen der Menschen und in der gesellschaftlichen Organisation immer die Oberhand über alle Überlegungen über sie gewinnen. Individueller Widerstand und Unruhe werden vor der Macht des Vormarsches geebnet. Der Einzelne muss gehorchen oder zugrunde gehen; tatsächlich muss er sich selbst ändern und Teil der Zwangsmacht werden.

Man wird also feststellen, dass die Befürchtungen, die Herr Spencer in seinem Vorwort zum Ausdruck bringt, hinsichtlich des Verlusts einer Kontrollinstanz durch den Verfall und Tod eines älteren Regulierungssystems nicht durch die Einrichtung einer neuen Kontrollinstanz, die an ihre Stelle tritt, befriedigt wird der verworfenen Autorität, kann aber durch die in der Evolution offenbarte Tatsache erfüllt werden, dass, welche Autorität auch immer die Menschen anerkennen mögen, ja, selbst wenn sie keine anerkennen, es ist alles dasselbe – sie sind Teil eines fortschreitenden Wachstums, gegen das sie antreten Es ist sinnlos, zu rebellieren. Die moralische Autorität ist die Überzeugung vom Unvermeidlichen. So zerstreut die Evolution die Angst vor einer moralischen Anarchie, indem sie die Notwendigkeit der Existenz einer gegenwärtigen und zukünftigen moralischen Ordnung aufzeigt, die gleichermaßen durch eine äußere soziale Organisation und durch ein nicht weniger sicheres Vorherrschen intrinsischer Motive gewährleistet wird. Obwohl die Evolution der moralischen Argumentation nur wenig zusätzliche theoretische Kraft verleiht, zeigt sie doch die Macht der natürlichen ethischen Autorität und verkündet mit überzeugender Wirksamkeit: „magna est veritas et prævalebit".

Es zeigt sich, dass der moralische Imperativ erstens äußerlich im sozialen Druck und zweitens immanent in altruistischer Sympathie liegt. Dies sind die einzigen Autoritäten, die befugt sind zu sagen: „So sollst du tun und so sollst du nicht tun." Die Evolution etabliert keine absolute Moral. Es ist immer relativ zur Umgebung und unterscheidet sich je nach Zivilisationsstufe. Je näher das Verhalten dem relativ Vollkommenen kommt, desto wahrhaft idealer ist es. Das vorgestellte Ideal ist nicht so perfekt wie das relativ perfekte. Je universeller eine Notwendigkeit ist, desto universeller ist auch der Grad der damit einhergehenden moralischen Durchsetzung und der Grad der Übereinstimmung in der Anerkennung ihrer Imperativität. Die Heiligkeit des Lebens, die Verurteilung derjenigen, die es verletzen, die Anerkennung derjenigen, die es fördern, stehen an erster Stelle. Freiheit, Eigentum und andere wesentliche Dinge erhalten kaum weniger Anerkennung; und so weiter nach und nach bis hin zu den kleinen Details des Alltags. Die Art des moralischen Imperativs ist durchweg die gleiche, der Grad der Durchsetzung unterscheidet sich je nach unterschiedlicher Bedeutung der Handlungen.

Denn dieser Punkt passt sehr gut zur Religionsauffassung des Evolutionisten. Als Text zu diesem Thema verwenden wir die Rede von Professor Fiske beim Spencer-Bankett, das am 9. November 1882 in New York stattfand und seitdem in Form einer Traktette veröffentlicht wurde. [15]

Professor Fiske verfolgt hier Herrn Spencers fehlerhaften Plan, alle Religionen zu verallgemeinern und davon auszugehen, dass der gemeinsame oder grundlegende Inhalt eine wahre Erkenntnis sei, und vertritt außerdem die Auffassung, dass die grundlegenden Wahrheiten der Wissenschaft mit dieser endgültigen Erlösung der Religion identisch seien. Es ist nicht so, dass das Argument von Professor Fiske schlecht wäre, sondern dass es schlecht formuliert ist. Wenn wir uns auf die wissenschaftliche Sichtweise beschränken und sagen, dass das Universum eine geordnete Entwicklung zeigt; dass es wahrscheinlich insgesamt das Ergebnis der Beziehungen ursprünglicher Faktoren ist; aber dass wir uns von diesen keine hinreichende Vorstellung machen können, obwohl sie doch zweifellos etwas von Elementen subjektiver Natur enthielten – dann verstoßen wir nicht gegen die wissenschaftliche Anschauung. Wir verstoßen auch nicht, wenn wir durch Schlussfolgerungen aus der Geschichte der Menschheit behaupten, dass das Gesetz der Entwicklung des Subjektiven auf altruistische Sympathie, quantitative Vermehrung des Lebens und soziale Harmonie oder

Ausgeglichenheit abzielt. Die Erkenntnis von Herrn Matthew Arnold, dass „eine ewige Macht, nicht wir selbst, die für Gerechtigkeit sorgt", kommt der Wahrheit so nah wie möglich. Mr. Spencers Formel sollte lauten: „Eine unerkennbare Macht, nicht wir selbst, die zum Gleichgewicht führt." Daraufhin stellt sich die Frage: Ist das Subjektive ein Faktor in einem Ausgleichsprozess, und ist Gerechtigkeit ein subjektiver Ausgleich? Auch im letzteren Fall stellt sich die Frage: Handelt es sich bei dem „bewirkt" oder „bewirkt" um ein teleologisches Ziel, das auf ein Ende abzielt, oder um einen Prozess, der vollständig durch vorausgehende Faktoren bestimmt wird, deren Ergebnis es jedoch ist?

Es ist schwierig, sich unter einem System der Evolution die Funktionsweise einer teleologischen Aktivität, wie sie gewöhnlich verstanden wird, vorzustellen, selbst wenn man einen universellen subjektiven Faktor zulässt. Dennoch finden wir, dass sich im Menschen eine teleologische Fähigkeit entwickelt hat. Und selbst wenn wir die Beschreibung von Herrn Matthew Arnold akzeptieren, stellt sich die Frage: Hat die ewige Macht von Anfang an oder von Anfang an eine bewusste Absicht, Gerechtigkeit zu erreichen? Oder liegt es implizit in den ursprünglichen Beziehungen des Subjektiven zum Chemischen und Physischen, die es durch die Biologie zur Gerechtigkeit herstellt – ist Gerechtigkeit lediglich ein weiterer Ausdruck für ein abgeschlossenes biologisches Gesetz, das in den ursprünglichen Beziehungen der Atome mit einem allgegenwärtigen subjektiven und relativen Faktor involviert ist?

Und noch einmal: Wie ist, wissenschaftlich betrachtet, unser persönliches Verhältnis zu dieser unergründlichen Macht, die Gerechtigkeit schafft? Hier kommt das ethische Problem ins Spiel, wie es durch das Religiöse beeinflusst wird, und beides, wie es durch unsere Ansichten über die Evolution beeinflusst wird. Professor Fiske sagt über die von allen Religionen anerkannten Lehren, „dass Menschen bestimmte Dinge tun und bestimmte andere Dinge unterlassen sollten; und dass der Grund, warum manche Dinge falsch und andere richtig sind, in einigen liegt." auf mysteriöse, aber sehr reale Weise mit der Existenz und Natur dieser göttlichen Macht verbunden.

Dass die persönliche Verantwortung gegenüber der unergründlichen Macht zum Wesen aller Religionen gehört, ist eine Sache, ihre Etablierung als wissenschaftliche Wahrheit eine andere. Die Tatsache seiner Existenz und seiner Universalität ist eine Vermutung zu seinen Gunsten, aber nicht mehr als eine Vermutung. Was sagt die Wissenschaft dazu? Mit diesem Punkt befasst sich Professor Fiske als nächstes. Er sagt, dass die Wissenschaft nach all ihren Forschungen bei ihren letzten Untersuchungen nicht nur unerklärliche Gesetze findet, deren Auswirkungen sie berechnen kann, obwohl die Gesetze selbst unerklärt bleiben, sondern auch lange Prozesse, die durch die bekannten Gesetze nicht erklärbar sind und dies wahrscheinlich tun werden bleiben für immer unerklärlich. Wenn er dies nicht mit diesen Worten sagt, vermuten wir, dass er das meint: Denn wenn er nur meint, dass alle kosmischen Geschichten durch bekannte Gesetze erklärbar sind, wobei diese Gesetze selbst unerklärlich sind, dann ist die unergründliche oder göttliche Macht dem Kosmischen nur vorangegangen Geschichten und ist in ihnen weder gegenwärtig, noch hat es Einfluss auf die Zukunft. Dennoch ist das, was Professor Fiske über die Ergebnisse wissenschaftlicher Untersuchungen zu sagen hat, nicht viel. „Die Evolutionslehre behauptet als umfassendste und tiefste Wahrheit, die uns das Studium der Natur offenbaren kann, dass es eine Macht gibt, für die keine zeitliche oder räumliche Grenze vorstellbar ist, und dass alle Phänomene des Universums, ob sie nun … Sei es das, was wir materielle oder spirituelle Phänomene nennen, sie sind Manifestationen dieser unendlichen und ewigen Macht."

Aber diese wissenschaftliche Wahrheit hat in ihrer bloßen Formulierung keinen Einfluss auf die Frage nach unserem ethischen Verhältnis zur unbekannten Macht. Nur wenn wir ihre spirituelle oder subjektive Manifestation als geordnete Entwicklung studieren, können wir eine Macht erkennen, der wir eine moralische Verpflichtung schulden. Der wissenschaftliche Beweis der moralischen Verpflichtung gegenüber der unergründlichen Macht beruht nicht auf der Anerkennung der Macht, deren Manifestation der Kosmos ist, noch auf der Tatsache seiner Unergründlichkeit, sondern auf der Kenntnis des subjektiven Faktors, seiner manifestierten Geschichte und der Schlussfolgerungen, die aus einem Studium dieser Geschichte in den Gesetzen der Wirkungsweise der altruistischen Sympathie, des quantitativen Lebens und der Harmonie des Lebens gezogen werden können, wie bereits dargelegt. Die Schlussfolgerung von Professor Fiske ist eine gute Darstellung dieser wissenschaftlichen Begründung der persönlichen Verantwortung gegenüber der göttlichen Macht und der Religion als Krone und Sanktion der Ethik.

„Nun begann die Wissenschaft, auf solche Fragen eine entschieden positive Antwort zu geben, als sie mit Mr. Spencer begann, moralische Überzeugungen und moralische Gefühle als Produkte der Evolution zu erklären. Denn klar, wenn man von einem moralischen Glauben oder einer Moral spricht Wenn Sie glauben, dass es sich um ein Produkt der Evolution handelt, implizieren Sie, dass es sich um etwas handelt, an dessen Hervorbringung das Universum seit Jahrhunderten gearbeitet hat, und Sie schreiben ihm einen Wert zu, der im Verhältnis zu dem enormen Aufwand steht, den es gekostet hat, es zu erzeugen. Und noch mehr , wenn wir mit Herrn Spencer die Prinzipien des richtigen Lebens als Teil der gesamten Lehre von der Entwicklung des Lebens auf der Erde studieren; wenn wir sehen, dass in einer letzten Analyse das Richtige ist, was dazu neigt, die Fülle des Lebens zu steigern , und das ist falsch, was dazu neigt, die Fülle des

Lebens zu beeinträchtigen – wir sehen dann, dass die Unterscheidung zwischen richtig und falsch in den tiefsten Grundlagen des Universums verwurzelt ist; wir sehen, dass genau dieselben Kräfte, subtil, erlesen und tiefgreifend, die brachte die Urkeime des Lebens auf den Plan und ließ sie sich entfalten, die in zahllosen Zeitaltern des Kampfes und des Todes das Leben, das vollkommener leben konnte, hegten und das Leben, das nur weniger vollkommen leben konnte, und die Menschheit mit all ihren Dingen zerstörten Hoffnungen, Ängste und Sehnsüchte sind als Krönung all dieser gewaltigen Arbeit entstanden – wir sehen, dass genau diese subtilen und exquisiten Kräfte in die Fasern des Universums jene Prinzipien des richtigen Lebens eingearbeitet haben, die für den Menschen das Höchste sind Funktion in die Praxis umzusetzen. Die theoretische Sanktion, die auf diese Weise einem rechten Leben zuteil wird, ist unvergleichlich die mächtigste, die jemals in einer Ethikphilosophie zugeteilt wurde. Die menschliche Verantwortung wird strenger und feierlicher als je zuvor, wenn die ewige Macht, die in jedem Ereignis des Universums lebt, im tiefsten Sinne des Wortes als Urheber des moralischen Gesetzes angesehen wird, das unser Leben leiten soll und dem wir gehorchen ist unsere einzige Garantie für das Glück, das unvergänglich ist – das weder unvermeidliches Unglück noch unverdiente Schande jemals wegnehmen kann."

Dies scheint uns die bisher beste Aussage über die logischen Ergebnisse der Untersuchung der Evolution zu sein, wenn man sie bis zu ihrem tiefsten Punkt verfolgt. Manche Forscher bleiben am materialistischen Punkt stehen, aber eine unwiderstehliche Logik führt den ehrlichen und aufgeschlossenen Forscher über diese Stufe des Denkens hinaus, und er findet in der Anerkennung der Existenz des Subjektiven und in der Geschichte seiner Entwicklung ein Gesetz von geistliches Leben. Er findet in subjektiven Individuen ein Beziehungsgesetz, das die Etablierung eines quantitativen Lebens in der Zunahme der Zahl der Korrespondenzen mit der Außenwelt sowohl in Zeit als auch im Raum induziert und das auch die Etablierung eines altruistischen Gefühls induziert – eines Gefühls, das sich ausdehnt zu einem mehr oder weniger großen Verständnis des großen Lebens des Subjektiven in der gesamten kosmischen Geschichte; und in dieser Anerkennung findet er auch ein Gefühl der persönlichen Verantwortung gegenüber einer Macht, die von ihm eine Hingabe verlangt, damit er auf ihr großes Ideal hinarbeiten und darin sein Glück finden kann. Was es sonst noch in der Naturreligion geben könnte, geht über den Rahmen unseres vorliegenden Bandes hinaus, obwohl wir hoffen, dieses wichtige Thema in Zukunft gleichzeitig behandeln zu können. Unsere gegenwärtige Sichtweise beschränkt sich auf die Betrachtung der Ethik und darauf, wie diese Wissenschaft durch die jüngsten großen Verallgemeinerungen der biologischen Geschichte beeinflusst wird. Als Ergebnis unserer Studien sind bestimmte eindeutige Schlussfolgerungen religiöser Art entstanden, und da diese eine ethische Bedeutung haben, ist es notwendig, an dieser Stelle auf sie Bezug zu nehmen.

Dennoch hilft das Studium der Evolution der Ethik, auch wenn es für diejenigen, die wenig moralische Ambitionen haben, keine Argumente liefern und den gesellschaftlichen Druck nicht verstärken kann. Ihr *Kernpunkt* liegt in der Existenz moralischer Bestrebungen bei den meisten Menschen. Durch sie wird es auf die Individuen ihrer Umgebung und auf die Lehrer und Gesetzgeber wirken, die die Gesellschaft formen und leiten. Ihnen wird die Tatsache offenbart, dass ihre Bestrebungen mit den Tendenzen der Natur übereinstimmen. Sie stellen fest, dass sie mit dem Strom schwimmen und tatsächlich Teil des historischen Stroms selbst sind. Sie erkennen in der Gesellschaft drei Bewegungen. Das erste ist das Wachstum von Altruismus oder Sympathie. Das zweite ist die Erweiterung des quantitativen Lebens. Der dritte ist die Annäherung an eine Harmonie oder Ausgeglichenheit des Lebens. Die Anerkennung dieser Wahrheiten vermittelt einen tieferen Glauben an den moralischen Fortschritt und ermöglicht eine größere Sichtweite sowie eine intelligentere und wohltätigere Interpretation menschlichen Handelns. Philosophen, Lehrer und Staatsmänner, die die Bewegungen der Gesellschaft von Zeitalter zu Zeitalter verstehen und das Ziel erkennen, auf das sie unweigerlich hinarbeitet, können ihre Grundphasen intelligenter erkennen und ihre Weiterentwicklung geschickter unterstützen. Die umfassendere Anerkennung des sozialen Ziels in der gesamten Gesellschaft wird den sozialen Druck in eine entsprechende Richtung lenken und verstärken, nicht nur bei der richtigen Anwendung sozialer Belohnungen und Strafen, sondern auch bei den ethischen Einprägungen und schließlich bei den erblich verankerten intrinsischen Motiven.

Auch an Propheten, der reifsten Frucht der Evolution, wird es in Zukunft nicht fehlen. Zeitalter bringen nicht nur die Arbeitsergebnisse hervor, sondern auch die religiösen Stimmen. Es gibt immer Männer, die den Gedanken und Bestrebungen ihrer Zeit Ausdruck verleihen. Sie stehen an der Spitze der vorrückenden Rasse und stehen vor der geheimnisvollen Dunkelheit der Zukunft, die nur von den Lichtern der Macht erhellt wird, die durch die subjektive Geschichte wirkt.

FUSSNOTE:

[15] „Evolution und Religion" von John Fiske, MA, LL.B. London: JC Foulger, The Modern Press, 1882. Price Twopence.

KAPITEL IX.
ZUSAMMENFASSUNG.

Ob wir die Biologie als einen Prozess des Gleichgewichts physikalischer Faktoren in einem Zustand sich bewegenden Gleichgewichts betrachten (in dieser Formel den Prozess der Fortpflanzung und Vererbung einschließen, auf den biologisch gesehen das Leben einer Art beschränkt ist – welche Gleichgewichtserklärung einen Kräfteausgleich einschließt). , sowie ein Gleichgewicht der Motive, von denen unsere Vorstellungen noch sehr unbestimmt und vage sind) oder bedenken Sie andererseits, dass die Tatsachen der Biologie von uns verlangen, in unsere erklärende Theorie des sich bewegenden Gleichgewichts ein Gleichgewicht der subjektiven Faktoren mit jedem einzubeziehen Andererseits und angesichts der beteiligten physikalischen Kräfte ist es in jedem Fall klar, dass das vorherrschende Gesetz der Biologie, wie von Herrn Spencer dargelegt, das des Gleichgewichts ist.

Der Platz, der dem Zweck in einem Gleichgewichtsprozess zukommt, ist nicht ganz klar. Erstens: Wenn alle biologischen Erklärungen strikt auf die chemischen und physikalischen Faktoren beschränkt sind, scheint es offensichtlich, dass es keine zielgerichteten Handlungen geben kann, da alle Handlungen durch die chemischen und mechanischen Beziehungen von Molekülen, Molekülmassen usw. bestimmt werden organisierte Massen von Molekülen. Zu sagen, dass das, was wir zielgerichtete Handlungen nennen, durch physikalische und mechanische Gesetze erklärbar ist, bedeutet, den Zweck abzuschaffen und die physikalische Ursache zu ersetzen. Kann der Zweck auf irgendeine Weise in einer solchen Reihenfolge linierbar gemacht werden? Das Problem ist durchaus zu bedenken und anzugehen. Es gelingt uns nicht, und wir denken, dass alle, die es versucht haben, gescheitert sind.

Wenn jedoch ein subjektiver Faktor in das Problem einbezogen wird, ist es notwendig zu verstehen, auf welche Weise er Teil eines Gleichgewichtsprozesses auf Seiten eines sich bewegenden Gleichgewichts, in dem er ein Faktor ist, wird und auf welche Weise er diesen beeinflusst. Die besondere Natur eines biologischen Bewegungsgleichgewichts und die Hinsicht, in der es sich von einem physischen oder mechanischen Bewegungsgleichgewicht unterscheidet, besteht darin, dass es auf Selbsterhaltung durch Assimilation von Kraft und Selbst hinarbeitet, wenn nicht sogar absichtlich darauf abzielt - Fortbestand durch Selbstschutz vor widrigen Kräften in der Umwelt. Das Zusammentreffen des subjektiven Elements mit dieser Tendenz in vielen Gleichgewichten lässt auf einen wirksamen Zusammenhang schließen. Doch wenn wir das Gesetz der

Beziehung eines subjektiven Faktors zu den physikalischen und mechanischen Faktoren nicht verstehen, wie können wir dann den daraus resultierenden Gleichgewichtsprozess und die Notwendigkeit des biologischen Gesetzes von Anpassungen zur Selbsterhaltung und zum Selbstschutz verstehen? Wie können wir Zweck als Gleichgewicht verstehen?

Um die Ethik mit dem kosmischen Prozess in Verbindung zu bringen, müssen wir verstehen, wie zielgerichtete Handlungen auf diese Weise verbunden werden können, denn Ethik bezieht sich auf zielgerichtete Handlungen. Wenn ein solcher logischer Zusammenhang fehlschlägt, verstehen wir die Ethik möglicherweise nur teilweise und begrenzt, aber wir verstehen sie nicht so, wie Herr Spencer vorschlägt, sie zu verstehen, nämlich als Teil des kosmischen Prozesses.

Laut Herrn Spencer müssen wir Ethik als Teil des Prozesses des kosmischen Gleichgewichts akzeptieren, da dies schließlich die Hauptkonzeption von Herrn Spencers großartigem Werk ist. Die scheinbare und scheinbare Vorstellung, mit der es ihm am meisten gelungen ist, die öffentliche Meinung zu beeindrucken, ist das Prinzip der Evolution oder allmählichen Entwicklung; Aber wir dürfen die Tatsache nicht aus den Augen verlieren, dass es sich bei dem, was er erreichen wollte, um eine Erklärung der Evolution und nicht nur um die Feststellung ihrer historischen Wahrheit handelte. Diese Erklärung bezieht sich auf das Gleichgewicht. Diese Vorstellung liegt hinter und über der berühmten „Formel der Evolution", und durch sie wird das phantasievolle Gesetz des sich bewegenden Gleichgewichts als herrschendes Prinzip der biologischen Veränderung und Entwicklung sowie der eigentlichen physikalischen Veränderungen postuliert. Das biologische Gesetz oder das Gesetz des bewegten Gleichgewichts herrscht über alle Handlungen und Entwicklungen von Organismen: und selbst wenn ein zusätzlicher Faktor der Subjektivität als eine der Kräfte vorhanden ist, die in einem bewegten Gleichgewicht ausgleichen, ist er dennoch diesem unterworfen die Gesetze des Gleichgewichts. Es ist noch nicht geklärt, wie das Gesetz des Gleichgewichts, das erfordert, dass alle Kräfte so schnell wie möglich zur Ruhe kommen, in ein biologisches Gesetz umgewandelt werden kann, das in der antagonistischen Richtung der Selbsterhaltung wirkt eine Reihe von Anträgen und ihr Selbstschutz vor einer möglichen Einstellung oder Auslöschung, mit der Hinzufügung von Reproduktionsmitteln im Hinblick auf eine eventuelle Einstellung oder Auslöschung. Aber es sind diese biologischen Handlungen, von denen einige zielgerichtet und andere möglicherweise nicht bewusst zielgerichtet sind, die ordnungsgemäß als Teil des kosmischen Prozesses des Gleichgewichts dargestellt werden müssen, bevor zielgerichtete Handlungen erfolgen und daher Ethik auf kosmischer Ebene erklärt werden kann Prinzipien.

www.ingramcontent.com/pod-product-compliance
Lightning Source LLC
LaVergne TN
LVHW041732190726
843493LV00007B/2316